拝み屋の遠国怪奇稿

招かれざる伝承の村

峰守ひろかず

ポプラ文庫ピュアフル

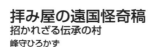

目次

序章

神田《かんだ》の裏通りのアパートに暮らす自称フリーカメラマンの見取瑛吉《みどりえいきち》のところにその電話が掛かってきたのは、春先のある日の夕方のことだった。

一階に住んでいる大家に呼ばれて部屋から出てきた瑛吉は、取り次いでくれた大家に礼を言い、住人全員で共用している電話の受話器を手に取った。

「もしもし、見取ですが」

「おお、やっぱり下宿にいたか。俺だ」

聞き覚えのある声が受話器から響く。電話の主は、瑛吉の先輩カメラマンに当たる男性だった。アシスタントとして仕事を手伝ったこともある相手だ。先輩カメラマンは挨拶もそこそこに「お前に回せそうな仕事があってな」と切り出した。

「付き合いのある雑誌社から、取材に同行して写真を撮ってほしいって頼まれたんだが、別件で忙しくてな。紹介できそうな同業者を探してるんだよ。泊まりがけの仕事になるがギャラは悪くない。ああいや、別に芸術的な写真を撮れってんじゃない。カメラ持ってて写真が撮れて現像ができたら誰でもいいんだ。いい話だろ?」

「はあ、確かに……」

煮え切らない声を返しつつ、瑛吉は窓に目をやった。

磨りガラスの窓には、いかにもしまりのない男の姿が映っている。

自分で切ったぼさぼさの髪によれよれのシャツ。背が低いので高校生くらいに見えなくもないが、これでも一応先日二十歳を迎えたところだ。

我ながら、相変わらずみすぼらしい風体だな……などと瑛吉がぼんやり思っていると、電話の向こうの先輩カメラマンは不可解そうな声を発した。

「おい、聞いてるのか？　いつまでもアシスタントや現像の下請けだけじゃ限界があるし、カメラマンとして独り立ちしたいって言ってたのはお前だろうが。写真で食ってけないと実家戻るしかねえんだろ？　で、それはイヤなんだろ？」

「え？　ええ、それは――はい」

煮え切らない声ながらもさっきよりは明瞭に、瑛吉は電話口でうなずいた。

瑛吉の実家は浅草《あさくさ》で代々続く老舗《しにせ》の提灯屋《ちょうちんや》で、瑛吉はそこの三男坊だ。実家は兄が継いでいるが、昔気質《むかしかたぎ》の両親や兄は瑛吉がカメラマンなどという耳慣れない仕事に就くことに反対していた。唯一味方だった祖父も去年亡くなってしまったので、今実家に戻ったが最後、提灯作りを手伝わされることになるのは目に見えている。

「一応タンカを切って出てきたわけですし、確かにそれは避けたいんですが……」

語尾を曖昧に濁し、瑛吉は胸中でその続きをつぶやいた。

——はい、やります、と即答できない理由があるんですよ。

——実は俺、最近、まともな写真が撮れないんです。

心の中に疲れ切った声が響く。

瑛吉の撮る写真に、人の形をした靄《もや》のようなものが写り込むようになったのは、昨年末に祖父が亡くなって半月ほどが過ぎた頃からだった。

写り込む靄の形状は、手だけだったり、あるいは全身だったりと色々だが、撮影した時にそんな靄はなかったという点だけは共通していた。

祖父から貰った愛用のカメラのせいかとも考えたが、分解しても怪しいところはなく、万年金欠の瑛吉には新しいカメラを買う余裕もない。なけなしの貯金をはたいてお祓いを受けてみたものの、やはりと言うべきか、効果はなかった。

言うまでもなく、まともな写真が撮れないカメラマンに存在価値はない。

困り果てた瑛吉は、密かに原因を探りつつ、撮影以外の仕事で食い繋いでいたのだが、靄の原因は未だに不明なままで、貯金も底を突きつつあった。

だったらもう、駄目元で、この仕事を受けるしかないのでは……？

そう考えた瑛吉に、電話の向こうの先輩カメラマンが「どうする？」と問う。受話器をぐっと握りしめた瑛吉は、ほんの少しだけ逡巡し、口を開いた。

「……やります。やらせてください」

「そうか！　受けてくれるか！」

受話器から響く安堵の声に、瑛吉の胸が申し訳なさで重くなる。しかし、「お前が受けてくれて助かったよ。知り合いにはみんな断られちまってなあ」と続く声に、瑛吉はふと疑問を覚えた。

自分のことで頭がいっぱいだったので気が回らなかったが、先輩カメラマンの声は妙に後ろ暗そうだ。それに、考えてみれば、自分はこの人に気遣われるほど親しい間柄でもないし、どういう仕事なのかまだ何も聞かされていない。

……これはもしかして、厄介ごとを押し付けられたのでは？

今更のように不安を覚えた瑛吉は、慌てて受話器に問いかけた。

「あの、何て会社の何て雑誌のどんな取材なんです？」

「版元は近代探訪社だ。知ってるか？」

「いえ、ちょっと聞き覚えが……」

「だろうな。小さいところだし、正直あんまりいい話を聞かないんだが――いや、変に心配させるのは良くねえな。お前のことは伝えておくから、あとは直接聞いてくれ。明日の昼過ぎ、空いてるか？」

「空いてますけど、それより『いい話を聞かない』ってどういうことです？」

「すまん、俺も忙しくてな。あんまり時間がないいんだよ。いいか、今から言うのをメモしろよ。住所は四谷《よつや》の——」

聞き覚えのない住所や電話番号が口早に響く。瑛吉が慌ててそれをメモすると、先輩カメラマンは「じゃあな！」と言い残し、あっさり電話を切ってしまった。

＊＊＊

一体どんな仕事を押し付けられたのかと不安を覚える瑛吉だったが、考えてみれば、自分だってまともな写真が撮れないことを隠しているわけだし、それに、仕事はないよりある方がいい。だったらこの際、駄目で元々だ。腹を括った瑛吉は、翌日、一張羅《いっちょうら》のジャケットを羽織り、愛用のカメラを収めた鞄を提げて教えられた場所へ出向いた。

近代探訪社は、四谷の外れ、昔ながらの寺社や日本家屋と新しいアパートやビルが混在した一角の、うらぶれた雑居ビルの四階にあった。

おずおずと入室した瑛吉が名乗ると、話は通っているようで、狭い応接セットへ案内され、くわえ煙草の中年男性が足早に現れた。

年の頃は四十代半ば、銀縁眼鏡を掛けており、口元には短い髭。髪はぺったりと七三に撫で付けられ、第一ボタンを外したワイシャツに緩めたネクタイを引っ掛けている。落ち着きのない性分なのだろう、せかせかした動きのその男は、向かいに座った瑛吉を「君が見取君?」と一瞥し、瑛吉が応えるより先に続けた。

「初めまして。ここの出版部長兼、『月刊奇怪倶楽部』の編集長の下野瀬《しものせ》です。で、見取君? 君、知ってる? うちの『奇怪倶楽部』って雑誌。……ああ、知らないって顔だね。別にいいよ、無名な版元の無名な雑誌だから。ほら、しばらく前から流行ってるでしょ、秘境もの。『ずるいぞ!』って意味の『卑怯者』じゃなくて、『秘密』の『秘』に『境《さかい》』って書く方のやつね」

「あ、それは分かります」

火のついた煙草を向けられ、瑛吉は素直にうなずいた。

終戦から四半世紀余り、東京タワーの完成や東海道新幹線の開通から数年が過ぎたこの時代、日本は経済成長の真っ只中にあった。「これからの未来は明るいものだ」という考え方が一般化し、最新の科学技術や宇宙開発などの分野への注目は日増しに高まっている。

だが、その一方で、近代社会が取りこぼしてきたものたちにも徐々に関心が向けられ始めていた。数年前に海外渡航がようやく自由化されたこともあり、世界各国に未だ残る人跡未踏《じんせきみとう》の土地や、辺境《へんきょう》の土地の知られざる習俗などは今や定番のジャンルとなっており、それらを扱った出版物や映画、テレビ番組などが人気を博していることは、流行に疎い瑛吉でさえも知っている。

「なるほど、人気ありますもんね、海外の秘境特集――って、あの、俺、パスポート持ってないんですけど」

「落ち着きなさい。誰が海外に行けって言った」

「あ、違うんですか」

「違うよ。記者とカメラマンを外国に送る金なんかあったら、雑居ビルの四階なんかに間借りしてないよ。うちが扱うのはね、秘境は秘境でも国内限定で……ああ、実物見てもらった方が早いわな。おーい！　誰か、『奇怪』のバックナンバー、適当に持ってきてくれる？」

下野瀬が衝立《ついたて》に向かって呼びかけると、疲れた顔の編集部員が大判の雑誌を数冊持って現れ、ぞんざいな会釈を残して立ち去った。

応接セットのローテーブルに並べられた「月刊奇怪倶楽部」に、瑛吉は思わず眉をひそめた。どの表紙も派手な色遣いで描かれたおどろおどろしいイラストで、その上に「残忍」や「因習《いんしゅう》」といった煽情的な言葉が躍っている。露骨に困惑した瑛吉を見て、下野瀬は「胡散臭くて低俗だなって思ったでしょ」とニヤついた。

「まあ、そう思われても仕方ない。実際、下世話もエログロも何でもありの低俗誌だからね。ただ、これでも我が社の一番の売れ筋ではあるわけで、目玉の連載がね……

これこれ。この『本邦秘境紀行』」

「本邦ってことは国内ですか」

「そりゃそうよ。国内に残る曰くつきのスポットやら前時代的な風習やらを取材して物々しく書くって趣向なんだけど、君に行ってもらいたいの、これなんだよね。記事は担当の記者が書くから、君はそいつに同行して写真を撮ってくれればいい。撮れるんだよね？」

「へっ？　あ、はい。それはもう……」

ふいに投げかけられた質問に瑛吉は曖昧な返事で応じ、机の上の「奇怪倶楽部」をぱらぱらとめくった。

「本邦秘境紀行」の扱う話題は、隠匿された連続殺人事件、深山の廃寺の鬼神の祟り、密かに続く残酷な儀式、湖に現れる人食い怪獣等々、場所もジャンルも様々だったが、いずれも非科学的で信じがたい内容だった。掲載されている写真も、決定的なものは一枚もなく、それらしい風景をそれっぽく撮ったものばかりだ。

瑛吉は内心で辟易したが、同時に安心してもいた。

真面目な学術調査や報道だったらともかく、ここまで怪しい企画ならば、多少変なものが写り込んでも許容範囲だろう。多分だけど。

そう自分に言い聞かせつつ、瑛吉は顔を上げて問いかけた。

「これ、行き先は編集部が決めてるんですか？」

「担当のやつに任せてる。どこで探してくるのか知らないけどさ、他と被らないネタ見つけてくるのが上手いんだよね、あいつ」

「へえ。その人は今、編集部に？」

「いや、あいつフリーだから。君と顔合わせさせようと思って呼んであるから、もうそろそろ来るはずだけど……。それでも読んで待ってて。じゃ」

そう言うと下野瀬は瑛吉の返事も待たず腰を上げ、衝立の向こうへ立ち去ってしまった。残された瑛吉が手元の記事に視線を戻すと、そこには中部地方の某市に今も現れるという口の裂けた化け物のことが事細かに報告されていた。

どう考えても作り話だろうが、陰惨さや不気味さを強調した物々しい文体は先を読ませる力があるし、聞いたこともない文献をさらりと引用してみせるあたり、見識もなかなか深そうだ。この連載を担当しているのは業界歴も長い、海千山千のベテランに違いない。自分のような若造が、そんな人と組んでやっていけるだろうか……と、瑛吉が不安に駆られた時だった。

「すみません！　遅くなりました」

耳に優しい爽やかな声が応接スペースに響く。

瑛吉が反射的に顔を上げると、そこに立っていたのは、端整な顔に柔和な笑みを浮かべた青年だった。

見たところの年齢は瑛吉と同じか少し下くらい。糊のきいたシャツにグレーのブレザーを重ねて肩掛けカバンを下げ、折り目の付いたスラックスに黒の革靴を履いている。男子にしては長い髪は後頭部の上で細く縛られ、右の肩に掛かっていた。すらりとした長身だが、撫で肩で痩身な上に色白で細面なので迫力は薄い。整った身だしなみや柔らかそうな長髪、目を細めた穏やかな表情のおかげで、むしろ優しげな印象を受ける。

育ちの良さそうなやつだな、というのが瑛吉の第一印象だった。

苦労知らずでお人好しのお坊ちゃんといった風体は、この編集部にはそぐわない。こいつ何しに来たんだろうと考えながら、瑛吉は愛想よく微笑む若者を見返した。

「いえ、俺、ここの編集部の人間じゃないですから」

「存じています。『本邦秘境紀行』を担当してくださるカメラマンさんですよね？」

「はい？　まあ、その予定ですけど……何で知ってるんです？」

「下野瀬編集長から電話で伺いましたから。お前と組んでくれる物好きな後釜が見つかったぞ、って」

その爽やかな回答に、瑛吉は「は？」と裏返った声を漏らし、テーブルの上のおどろおどろしく物騒な記事と、目の前で上品な微笑を湛える若者を見比べた。

両者の印象は全く異なっており、属する世界が違うとしか思えない。思えないのだが、編集長が瑛吉をこの青年に対して「お前と組んでくれる後釜」と紹介したということは、それはつまり――。

「じゃあ、この連載って、あんたが……？」

「奇怪倶楽部」を手に取った瑛吉が眉根を寄せて問いかける。心底不審そうな視線を向けられた若者は、全く屈託のない微笑を湛えたまま「はい」と即答し、礼儀正しく頭を下げた上で、胸に手を当てて口を開いた。

「初めまして。『本邦秘境紀行』を担当している、拝《おがみ》と申します」


拝と名乗った若者に瑛吉は慌てて挨拶を返し、早速仕事の話に入ろうとしたのだが、そこに編集長が割り込み、「応接スペースを使うから、続きはよそでやってくれ」と二人を追い出してしまった。

追い立てを食った瑛吉たちは、拝の行きつけだという近所の喫茶店へ移動し、改めて手短な挨拶と自己紹介を交わした。瑛吉が「見た時は学生かと思いました」と苦笑すると、拝は「当たってますよ」と笑みを返した。

「一応大学に籍はあって、今、三年生です。あまり真面目に通っていませんが」

「三年生？　拝さんって、今何歳？」

「三十一です」

「三十一？　じゃあ俺より一つ上じゃん……じゃない、上じゃないですか。すみません、年下かもと思ってました」

瑛吉が申し訳なさそうに頭を掻く。それを見た向かいの席の拝は、穏和な表情を崩すことなく、「お気遣いなく」と微笑んでカップを手に取った。

「慣れていますから。それと、敬語じゃなくていいですよ。僕としても、そっちの方が気が楽ですし」

「そう？　そう言ってくれるならそうしま――そうするけどさ。だったら、そっちも敬語をやめてくれても」

「それについても、お気遣いなく、です」

瑛吉の提案をすかさず遮った拝は、「僕はこの方が楽なので」と言い足した。どうやら自分は口調を変えるつもりはないらしい。割と頑固な面もあるんだな、と瑛吉が呆れていると、拝は思い出したように姿勢を正し、頭を下げた。

「受けてくださってありがとうございます。おかげで連載が続けられます」

「え？　いや、それはこっちの台詞だし、俺の方こそお世話になります……と言うかさ、これまでの記事、さっき見せてもらったけど……あれ、ほんと？」

「全部嘘ですよ」

身を乗り出した瑛吉が小声で尋ねると、拝はけろりと言い切った。

予想外にあっさりした告白に意表を突かれた瑛吉が瞬きを繰り返すと、それを見た拝は申し訳なさそうに苦笑した。

「隠匿された連続殺人事件だの鬼神の祟りだの、あんなこと本当にあるわけないじゃないですか。もちろん、現地にはちゃんと行っていますし、全てが作り事ではありませんが、あれはあくまで、実録という体裁の娯楽読み物です」

「そりゃそうだろうけど……認めるんだ」

「これから一緒に仕事をする相手に嘘を吐いても始まりませんからね。にしても、受けてくださるカメラマンが見つかって本当にほっとしました。『今の時代、物を言うのは写真だ』『一万枚の原稿より一枚の決定的な写真だ』というのが、あの編集長の持論でしてね……。そこについては僕も異論はありませんが、とは言え僕は写真については素人で、そもそも一人で取材しながら撮影も、というのは難しい」

「まあ、そうだろうな。カメラの機材だって結構かさばるし」

「そうなんですよ。この連載、僕はできるかぎり続けたいと思っているんです。だから、本当にありがとうございます。どうぞよろしくお願いいたします」

背筋を伸ばした拝が再度深々と頭を下げる。堂々とした真摯な感謝に、瑛吉の心はずきりと痛んだ。

この拝という学生記者は、書いている記事こそでっち上げではあるものの、裏表のない純粋な性格の持ち主のようだ。そんなまっすぐな性根の相手に、隠し事をしたまま仕事を受けていいのだろうか……？

編集長と相対した時には押し殺せた罪悪感が、瑛吉の胸の中でくすぶり始める。

いたたまれなくなった瑛吉は、ごまかすようにアイスコーヒーを飲み干し、傍らに置いたカメラバッグに――まともな写真が撮れない愛機に――横目を向けた。

急に目を逸らした瑛吉を、拝は何も言わずに見据えていたが、ややあってテーブルに軽く身を乗り出し、屈託のない声で問いかけた。

「で。一体、何を隠しているんです？」

「へっ？」

不意打ちのような問いかけに瑛吉の声が裏返る。青ざめた瑛吉は「隠してることなんて何も」とごまかそうとしたが、拝がすかさず苦笑いで割り込んだ。

「さすがにそれは無理ですよ。僕はこれでも勘がいい方なんです。それに、あなたの表情はとても分かりやすい。隠し事なんて誰にでもありますから、普段はいちいち掘り下げたりしませんが、どうも仕事に関することのようですからね」

「そこまで分かるのか……？」

「勘がいいと言ったでしょう？」

ぎょっと驚いた瑛吉を、拝が微笑みを浮かべて見返す。穏やかに目を細めているにもかかわらず、その視線には相手の心を見透かすような迫力があり、瑛吉の背筋がぞくりと冷えた。

……これはもう、隠し通すのは無理だな。

そう断念した瑛吉はがっくりと肩を落とし、傍らのカメラバッグのポケットから数枚の写真を取り出した。いずれも町角の風景を撮影した平凡なスナップ写真だが、その全てに不気味な人型の靄が写り込んでいる。「念のため持ってきたんだ」と沈んだ声を発しながら、瑛吉は写真をテーブルに並べた。

「変な靄みたいなのが写ってるだろ。最近、何を撮ってもこうなるんだよ。絶対ってわけじゃないんだけど、六割……いや、八割くらいの確率で……。どうにかしたいとは思ってるものの、機材の故障や現像ミスってわけでもないみたいで、そうなるともう、打つ手がなくて……」

歯切れの悪い小声を喫茶店の一角にぼそぼそと響かせながら、言ってしまった、と瑛吉は思った。

こんな写真しか撮れないカメラマンに仕事を頼む馬鹿はいない。せっかく舞い込んできた仕事も、これでご破算だろう……と、瑛吉はそう覚悟したのだが、拝の反応は予想外のものだった。

拝は、気味悪がるでもなく呆れるでもなく、ほんの一瞬だけ軽く眉根を寄せた後、こともなげにこう言ったのだ
「ああ。心霊写真ですね」

「シンレイ写真……？」

聞き覚えのない単語を瑛吉が思わず繰り返す。ええ、と拝はうなずき、右手の人差し指で空中に字を書いてみせた。

「『心』に『幽霊』の『霊』で『心霊』です。この世に残った故人の思いのことで、それが写り込んだ写真を『心霊写真』と呼ぶんです。大正時代に作られた言葉ですが、ご存じありませんか？」

「初めて聞いた……。てか、じゃあこれ、幽霊が写ってるってことか？」

「幽霊の定義も難しいので一概には言いかねますが、平たく言えばそうなりますね。でもご安心ください。霊の格や性質は色々ですが、あなたの写真を見る限り、悪い気配はありません。これなら対処も簡単です」

「対処って――何とかできるのか!?」

目を見開いた瑛吉が身を乗り出して問いかける。凝視された拝は、依然として穏やかな笑みを湛えたまま、こくりと首を縦に振った。

「この写真を撮ったカメラは今お持ちですか？」

「ある。あるよ。これだけど」

祖父が生前に譲ってくれた愛機を瑛吉が取り出してテーブルに置く。と、拝はそのカメラを一瞥し、奇妙な行動に出た。

右手の人差し指で三角形を三回描いた後、右の掌を拝むように立て、左の指先をカメラに当てて目を伏せたのだ。

こいつは何を……と戸惑う瑛吉の前で、拝は目を閉じたまま、ぼそぼそと小さな声で何かをつぶやき、目を開けてにこりと笑った。

「お待たせしました。終わりましたよ」

「え。もう……？」

「もうです。信じられないのも無理はありませんが、とりあえず、騙されたと思って何枚か撮ってみてください。はい」

そう言って拝はカメラを瑛吉に手渡し、しばらく前から流行り出したピースサインを示して笑った。今この場で自分を撮れ、と言いたいようだ。瑛吉は「別にいいけど」と眉をひそめ、座ったまま愛機を構えた。

手にしたカメラに変わった様子は特にない。「心霊」とか何とかもっともらしいことを言い出したので少し期待してしまったが、カメラに指を当てて小声を漏らしただけで直るようなら苦労はしない。

どうせ無理だと思うよ、と内心でぼやきつつ、瑛吉はファインダーを覗き、レンズ越しに拝を見た。

整った顔立ちに長い髪、後ろ暗さをまるで感じさせない爽やかな笑顔。

信用できるかどうかはともかく、被写体としては満点だな、と瑛吉は思った。

＊＊＊

その日の夜、瑛吉は自宅のアパートから拝に電話を掛けた。

「もしもし？」と電話口に拝が出るなり、瑛吉は挨拶も名乗りも省略し、戸惑いの声を発した。

「あ、あんた、何やったんだ……!?」

「えっ？　ああ、その声は昼間のカメラマンの……。もしかして心霊写真のことですか？　靄は消えました？」

「消えた……」

そう答える瑛吉の声は震えていた。

瑛吉はいつでも写真を現像できるよう、自室の押入を現像室にしている。喫茶店で言われるがままに撮り切ったフィルムを駄目元で焼いてみたところ、あの忌まわしい人型の靄が写り込んでいる写真は一枚もなかったのだ。瑛吉の返答を聞いた拝は、良かった、と朗らかに応じた。

「これで取材も大丈夫ですね」

「あ、ああ、確かに……。でも、一体全体どうやって？」

「大したことはしていません。カメラに宿った遺念が邪魔をしていたので、僕はそれを落ち着かせただけです」

「イネンって」

「故人の思念といった意味です。これは推測ですが、あのカメラは元々、あなたではない方の持ち物だったのではありませんか？　その方はあなたのことを案じていたけれど、もう亡くなられてしまった」

「え。あ、ああ……うん。確かに、あれは去年亡くなったじいさんから貰ったものだけど……って、じいさんの幽霊が成仏せずに取り憑いてたってことか？」

「そこまで強い人格は感じられませんでした。心配する気持ちだけが残ってしまった感じですね。これも推測ですけれど、そのご祖父様は、どちらかと言うと心配性な方だったのでは？」

「正解」

先頃大往生を遂げた祖父は、お節介かつおっちょこちょいな性格で、気遣いの仕方が下手な人だった。本人は良かれと思っているのだが、気の回し方がズレているため、結果として新たなトラブルを招きがちで、祖母や両親から「余計なことをするな」としょっちゅう叱られていたことを、瑛吉はよく覚えている。

あの祖父なら、不出来な孫を案じるあまり余計なことをやらかしても不思議ではない。瑛吉は苦笑しつつも、祖父の思いには感謝した。

「俺も要領悪いからさ。じいさんとは気が合って、可愛がってもらったんだけど……でも、何でそんなことが分かるんだ？　あんた、一体何者なんだ？」

「何者って、自己紹介は済ませましたよね。バイトで記事を書いている学生で」

「それは知ってるよ。でも、それだけじゃないだろ、絶対」

怪しい靄の写り込み現象を――拝の言葉を借りれば「心霊写真」を――どうにかするのも、知り合ったばかりの相手のカメラの来歴を言い当てるのも、一介のバイト学生にできることとは思えない。

瑛吉が語調を強めて尋ねると、電話口の向こうの拝はふっと軽く笑い、穏やかな声調のまま答えた。

「一応、拝み屋です」

「拝み屋……？　聞いたことない言葉だけど」

「東京にはもう少なくなりましたからね。でも、地方にはまだ結構いるんですよ。拝み屋とは、その名の通り、拝む技能を――即ち、見えないものと対話し、時には実力で排除する方法を修得した者のことです」

「えーと、それは要するに、坊さんや神主や牧師みたいな……？」

「違います。少なくとも僕は何かを祀っていたり奉じていたりはしませんし、悟りに至るとか衆生の救済とかいった立派な目標を持っているわけでもありません。僕の知識や技能はあくまで実用目的で、だから『拝み屋』なんです」

流暢な口調で説明すると、拝は「拝み屋だから拝です、分かりやすいでしょう」と付け足した。笑うところですよ、と言いたかったようだが、瑛吉にとっては初耳の情報が多すぎて、真面目な声で「なるほど」と相槌を打つのが精一杯だった。

と言うか、こいつはどこでそんな知識や技能を身に着けたんだ？　大学で教えているとも思えないけど……と眉をひそめる瑛吉の耳元に、拝の明るい声が響く。

「でも、お電話をいただけて助かりました。次の取材先が決まったので、こちらから連絡しようと思っていたんです。明日からですけど、大丈夫ですか？」

「明日？　うん、空いてるけど」

瑛吉がうなずくと、拝は待ち合わせ場所と時間を告げた。伝えられた内容を、瑛吉は共用電話の横に据え付けられた鉛筆で、裏紙を束ねたメモ帳に書き付け、それを見ながら聞き返した。

「上野駅に夜ってことは、夜行で？」

「はい。三、四日は掛かると思いますので、泊まれる準備をお願いします。後は当日説明しますね。時間があれば詳しくお話ししておきたいんですが、この電話、共用で、後がつかえてるんですよ。下宿している身なので肩身が狭くて」

電話の向こうで拝が苦笑する。その事情はよく分かる。瑛吉は「了解」と笑い返して電話を切ろうとしたが、拝ははきはきとした声で続けた。

「では、改めまして、よろしくお願いしますね、見取瑛吉さん。そうだ、歳も近いことですし、瑛吉さんとお呼びしてもいいですか？」

「え？　ああ、いいよ。こちらこそ、今後ともよろしく――」

名前を呼び返そうとした瑛吉は、拝のフルネームを聞いていないことに気が付いた。

「今更だけど、下の名前って何？」と瑛吉が尋ねると、拝はうっかりしてたと言いたげに自嘲し、よく通る声を発した。

「拝飛鳥《あすか》。『飛ぶ鳥』と書いて『あすか』と読みます」

「飛鳥か。分かった。こっちこそよろしく、拝飛鳥……さん」

浮世離れした名前だけど、あいつには似合っているな。

そんなことを思いながら瑛吉が改まった声を発すると、拝は「飛鳥でいいですよ」と爽やかに笑った。

第一話

山中の秘境に残る恐怖の因習！
千年前から続く人身御供の儀式

拝飛鳥という自称「拝み屋」の学生記者と知り合って以来、既に何度も驚かされている瑛吉は、上野駅で待っていた飛鳥を見てまたも驚いた。

待ち合わせ場所に立っていた飛鳥は、堂々たる和装だったのだ。

淡い鶯色《うぐいすいろ》の小袖に袖なしの黒い上着を重ね、縞《しま》の角帯をキュッと締めている。しっかりと着物を着こなしていながら、頭の上にはチューリップハット、履いているのは使い込まれた登山靴、傍らには革製のトランクという和洋折衷な出で立ちだったが、不思議とちぐはぐな印象は受けなかった。

「ああ、瑛吉さん！　ここです」

瑛吉に気付いた飛鳥が愛想よく片手を振る。声を掛けられた瑛吉は飛鳥に歩み寄り、「お待たせ。こんばんは」と挨拶した上で改めて眉をひそめた。

瑛吉は動きやすいシャツを羽織っており、カメラはいつでも使えるように首に掛けている。撮影機材その他一式を詰め込んだリュックを担ぎ直し、瑛吉は神妙な顔のまま問いかけた。

「何で着物？　最初、落語家かと思って見過ごしそうになったよ」

「落語家？　どうしてそう思われたんです」

「どうしても何も、今の時代に着物着てるのなんて、落語家か力士くらいだろ」

「じゃあ力士かもしれないじゃないですか」

「そんな細い力士はいないだろ」

　呆れた声で反論し、瑛吉は着物姿の飛鳥をまじまじと眺めた。飛鳥が細身なことは知っていたが、着物のおかげで体の柔らかなラインがいっそう強調されている。「相撲なんか取った日には、一発で全身の骨が折れそうに見えるぞ」と瑛吉が言い足すと、飛鳥は素直に納得し、笑顔で続けた。

「確かに、今の東京では洋装の方がほとんどですが、僕が取材に行くような土地ではまだまだ着物が現役ですからね。意外と、こっちの方が浮かないんです」

「へー。そういうものなんだ」

「そういうものです。それに僕、和服が好きなんですよ。似合うでしょう？」

　愛想のいい笑みを浮かべたまま、飛鳥がしなを作ってポーズを取る。それは確かにその通りだったので、瑛吉は素直に首を縦に振った。

　その後、飛鳥は瑛吉を伴って東に向かう夜行列車に乗り込んだ。四人掛けのボックス席を確保した二人は、荷物をそれぞれの隣に下ろし、ふう、と溜息を吐いた。

ほどなくして、ぴぃーっ、という甲高い警笛が響き、列車がゆっくりと走り出した。リズミカルに車体が揺れ、窓の外を東京の夜景が流れていく。

煙草の匂いが染みついた車内は静かで、既に窓にもたれて目を閉じている客も多い。煙草を吸わない瑛吉は、この匂いこそ苦手だったが、夜行列車特有の雰囲気は好きだ。瑛吉がぼんやり車窓を眺めていると、向かいの席の飛鳥がふと口を開いた。

「そう言えば、瑛吉さんはカメラマンですよね」

「はい？　まあ一応そうだけど……と言うか、そうだから今ここにいるんだけど、何でそんなこと聞くんだ」

「どうしてその仕事を選ばれたのかな、と思いまして。瑛吉さんは何を撮るためにカメラマンになられたんです？」

「え？」

不意打ちのような質問に、瑛吉の目が丸くなる。こいつは何でそんなことを聞くんだ。瑛吉は一旦眉をひそめた後、カメラを見やり、取り繕うように苦笑した。

「何を撮るためって聞かれても、ご大層なテーマとか目標なんてのは持ってないよ。もともとカメラ弄りが好きで、あと、実家の提灯屋を手伝うのは御免だったから、この仕事やってるってだけだから。飯のタネになれば何でも撮るよ」

「……そうですか」

僅かな間を置いて飛鳥が相槌を打つ。その顔には依然として愛想のいい微笑が浮かんでいたが、失望されたようにも見え、瑛吉は軽く顔をしかめた。立派な答えでないのは承知しているが、本音なのだから仕方ない。黙り込んだ飛鳥を瑛吉は見返し、周りの乗客の邪魔にならないよう、抑えた声を発した。

「じゃあ、こっちからも質問していいか」

「何です？」

「そっちはどうして胡散臭い雑誌の記者なんかやってるんだ？　それと、今からどこに行くんだよ。そろそろ教えてくれてもいいだろ」

「ああ、確かに。行き先は、N県の『五淵《ごふち》が村』という集落ですよ」

睨みつけられた飛鳥は、意図的なのかうっかりか——おそらく意図的に——一つ目の質問を受け流し、にこやかに応じた。もっとも、と飛鳥が言葉を重ねる。

「『村』と言っても市町村として独立しているわけではなく、近隣一帯を含める大きな町の中の一区で、『村』というのはあくまで俗称のようですが。そこで近々、十年周期の祭礼が営まれるとのことなので、それを取材する予定です」

「……へえ、なるほど」

とりあえずうなずいた瑛吉だったが、村の名前もその祭りも初耳なので、具体的なことがさっぱり分からない。どういう村のどういう祭りなのかと瑛吉が尋ねると、飛鳥はニヤリと悪戯っぽい笑みを浮かべ、口元に手を添えて物々しい声を発した。

「それがですね。どうやら、人間を生贄に捧げるそうなんですよ」

「い、生贄!? 生贄って……あの生贄?」

「はい。命を供物として捧げる、あの生贄です。僕の調べたところでは、五淵が村のこの祭りは、『その時に訪れた者を捕まえて神に差し出す』という物騒なもので、今でも近隣の住民は、祭りの時期には五淵が村には絶対に近づかないとか……」

「え!? だったら、うかうか俺たちが行ったりしたら――って、それはない。いくら何でも」

瑛吉はほんの一瞬だけ怯えたが、すぐに我に返って嘆息した。

飛鳥はどうやら怖がらせたかったようだが、常識で考えれば、そんな行事がありえないことはすぐに分かる。戦前……いや、江戸時代以前ならまだしも、新幹線が走り、宇宙船や人工衛星が飛ぶこの現代、法治国家たる日本で、そんな物騒な行事が存続できるはずもない。あの連載は嘘だと飛鳥が明言していたことを思い出し、瑛吉は冷めた目で飛鳥を見据えた。

「さすがにそれを信じるほど馬鹿じゃないぞ、俺」

「これは失敬」

睨まれた飛鳥は悪びれることなく肩をすくめ、背もたれに体重を預けてチューリップハットを目深に被った。眠るつもりのようだ。

「では、僕はお先に失礼します。お休みなさい」

そう言うと飛鳥は静かになり、ほどなくして、すうすうと寝息を立て始めた。その寝つきの良さに感心した瑛吉は、自分も眠ることにして、椅子にもたれて一息を吐いた。

――僕の調べたところでは、五淵が村のこの祭りは、『その時に訪れた者を捕まえて神に差し出す』という物騒なもので――。

今さっき聞かされたばかりの声が脳裏に蘇り、ぞくりと胸の奥が冷える。

……いや、だから、今時生贄なんてあるわけないだろ。余計なこと考えないで寝ておかないと明日に差し支えるぞ、俺。

怖がりな自分に大いに呆れ、瑛吉はゆっくりと目を閉じた。

＊＊＊

今時、生贄なんてあるわけない。

そう決めつけていた瑛吉は、翌日に五淵が村に入るなり、自分の浅はかさを呪うこととなった。

五淵が村は四方を山と森に囲まれた小さな集落だった。最寄りの町からの距離はせいぜい数キロ程度だが、鉄道はもちろんバスも走っていなかったため、村に入るには未舗装の山道を歩くしかない。旅慣れている飛鳥は涼しい顔だったのに対し、東京生まれで東京育ちの瑛吉は苦しみながら坂を上って峠を越えた。

駅を出発したのは早朝だったが、村が見えてきた頃には夕方が近くなっていた。

そして、ようやく二人が村の入り口を示す石柱を通り過ぎた、その時だった。

道の先から、粗末な着物を身に着けた男たちが十人ほど、ぞろぞろと小走りで現れたかと思うと、無言で二人を取り囲んだのだ。

「え。何？　何です、急に……？」

飛鳥の言っていた通り、本当に着物姿なんだ……という感動もあったが、それより恐怖心と違和感の方が大きい。瑛吉は戸惑い、四方を見回して問いかけたが、それに応えるものはいなかった。傍らの飛鳥は興味深げに目を細めるばかりで、薄汚れた着物の男たちは、警戒心を――もしくは敵意を――隠そうともせず、尖らせた竹や太い棍棒を携えたまま、二人を睨みつけている。

数秒間の沈黙の後、男たちの中の年かさの人物がぼそりと声を発した。

「……仕方ねえ。連れて行け」

「おう」

指示を受けた男たちは揃ってうなずき、飛鳥と瑛吉を囲んだまま歩き出した。

どうやらこの連中は、自分たちをどこかへ連行するつもりのようだ。そう気付いた瑛吉は面食らい、「ちょっと待った！」と抵抗したが、男たちはまるで耳を貸そうとせず、物騒な得物を突き出すばかりだ。仕方なく先に進みながら、瑛吉は必死に言葉を重ねた。

「あの、だから、何なんです……？　俺らが何をしたって言うんですか？　ここまで歩いてきただけなんですよ？　せめて理由を教えて……って、聞いてます？　聞こえてますよね？　日本語通じてますよね？　どういうことなのか説明を」

「瑛吉さん、無駄だと思いますよ」

瑛吉の隣を歩く飛鳥がふいに口を挟んだ。え、と瑛吉が思わず見上げた先で、飛鳥は、あくまで愛想のいい笑みを保ったまま続けた。

「この人たちは何も言いません。おそらく、そういうしきたりなんです」

「しきたりって、そんな昔話みたいな……。てか、何で飛鳥は平然としてるんだ」

「想定内の出来事だからですが？　こういう経験は慣れっこですし、第一、この村の祭礼の内容はお話ししたじゃないですか。まさか忘れたんですか？」

「いや忘れてないよ！　忘れてないけど、記事は全部嘘って言ってたから、てっきり何も起きないとばかり……。嘘ってのが嘘だったってことか？」

「いいえ、僕の記事は間違いなく虚構です。ただし、事実を膨らませて書いていると言った覚えはありませんよ」

「は？　つまり……取材では、あの記事よりも数段凄いことが起きる……？」

瑛吉が震える声で尋ねると、飛鳥は「正解」と明るくうなずいた。その笑顔を見るなり、瑛吉は、この連載の取材に同行するカメラマンがなかなか見つからなかった理由をようやく悟った。

「そりゃ俺なんかのところに話が回ってくるはずだよな……！　じゃ、じゃあ、この後、俺たちは――」

瑛吉の不安げな声が弱まり、途切れる。

「生贄にされるのか」と尋ねることは瑛吉にはできなかった。うっかり口に出したが最後、それが現実になってしまうような気がしたからだ。

今時そんな祭りがあるわけがないとは思うものの、現に村に入るなり包囲され、どこかに連行されている以上、絶対にありえないと一蹴することはもはやできない。

とりあえず、男たちを刺激しないようにしなくては……。

自分に言い聞かせながら青い顔で歩く瑛吉の隣で、飛鳥は思い出したように「そうだ」と口を開いた。

「せっかくですから、写真を撮っておいてくれませんか？」

「今は無理……！」

　かくして本気で死を覚悟した瑛吉だったが、またも予想外の展開が待っていた。

　二人が連れて行かれた先は、村の中心部にそびえる立派な日本家屋の座敷で、そこに待っていた紋付き袴姿の男は、座布団に座らされた二人を前に、頭を下げて詫びたのだ。

「驚かせて申し訳ございません。五淵が村の当代の氏子《うじこ》総代を預かる、石動篤三《いするぎあつぞう》と申します。御客人におかれましては、どうぞごゆるりとお寛ぎくださいますように……。ああ、皆、もういいぞ」

　石動と名乗った男のその一声に、瑛吉たちをこの場に連行した男たちは揃って溜息を吐き、やれやれと顔を見合わせた。

「やっとかい」

「全く、肩が凝って仕方ねえ」

「まさかほんとに来るとはなあ」

「まったくだよ。では篤三さん、後はよろしく」

　いきなり人間味を取り戻した男たちが、親しげに声を交わしながら去っていく。男たちの中には、去り際に「お客の二人もすまなかったな」「ゆっくりしていってくれや」と瑛吉たちに話しかける者もおり、飛鳥は「ありがとうございます」と笑顔で応じていたが、瑛吉には言葉を返す余裕はなかった。

ひとまず助かったようではあるが、何が何だか分からない。分厚い座布団の上で正座したまま、瑛吉はおろおろとあたりを見回し、戸惑いの声を発した。

「あの、これ、どういうことなんです……？　俺が聞いた話では、この村では十年毎の祭りの時、訪れた者を捕まえて生贄に――」

「それは昔の話です。いや、昔話と言ってもいいでしょう」

瑛吉を遮ったのは石動だった。年齢は五十歳前後、短い髪には白髪が交じり、日に焼けた顔には深い皺が刻まれている。背筋を正した飛鳥が「昔話ですか」と問い返すと、石動は深々とうなずき、しわがれているが貫禄のある声で続けた。

「左様。荒唐無稽な物語です。確かに、この五淵が村には、祭りの時期に村を訪れた者を捕え、神様に生贄として捧げていたという話が残っており、実際に、そういうしきたりも代々伝わっております。この祭りは、遡ること千年前、村を開拓する際に人《ひと》柱《ばしら》を捧げた故事に由来するのだとか」

「千年！　随分と歴史のある村なんですね」

「何の。ただ古いだけですよ。うちは代々の庄屋で、神主も兼ねておりましたので、古い記録はどっさり残っておりますが……それらを見る限り、実際に誰かを捕まえて命を奪ったことは一度もございません」

「はい？　ええと、どういうことです？　しきたりはあるんですよね？」

「誰も来ないから、ではありませんか？」

首を捻る瑛吉の隣で飛鳥が口を挟む。飛鳥の言わんとすることが分からない瑛吉は眉根を寄せたが、石動は大きくうなずいた。

「そちらの方の言われる通りです。ここは奥まったところにある村ですが、近隣の町との付き合いはございます。しかし、この祭礼――『十年祭』の期間中だけは、誰も村を訪れないことが、一帯の慣習になっておるのですよ。暗黙の了解というやつです。捕まえる相手がいなければ、当然儀式は成立しません。なので今回も生贄はございません、と神様に詫びるのが、十年祭という祭礼なのです」

「なるほど。村の方たちはしきたりに則って、一応、余所者《よそもの》を待ち構えはするものの、今回も誰も来ないと高を括っておられたわけですね。にもかかわらず」

「俺たちがのこのこ来ちゃったから、とりあえず捕まえたってことか。間抜けな話だけど……ん。じゃあ俺たちはどうなるんです？　やっぱり生贄に――」

「ですから、そう怯えないでいただきたい」

思い出したように怯える瑛吉を石動が再び遮った。思わず黙り込んだ瑛吉を、石動の太い眉毛の下の双眸がまっすぐ見据え、「よろしいかな」と太い声が響く。

「あなた方は都会から来られたのでしょう。そんな方にしてみれば、このような田舎は、未だに江戸時代が続いている別世界のように思えるのかもしれませんが、ここも昭和の日本なのです。電気も水道も来ておりますし、新聞も電話も通じており、白黒ですがテレビもございます。日本の国の法と常識が通用する場所なのです。通りがかりの人を捕まえて手に掛けることなど、できるはずがありません。そもそも、命を奪った記録は一度もないと申し上げたではありませんか」

「そ、そうでしたね……。すみません」

強い語調で諭された瑛吉は素直に非を認めて頭を下げた。前もって飛鳥の記事を読んでいたこともあり、偏見を持ってしまっていたようだ。更に「じゃあ、俺たちは殺されないわけですね……？」と言い足すと、石動はうなずいた。

「当然です。不幸にも誰かが来てしまった時の対処の仕方も、きちんと定められております。生贄に差し出す代わりとして、潔斎《けっさい》していただければそれで良い」

「ケッサイってのは？　銀行のあれじゃないですよね」

「身を清めて物忌みをする、という意味の潔斎だと思いますよ、瑛吉さん。ですよね、氏子総代様？」

「左様です。と言っても、難しいことではございません。明日の夜の本祭が終わるまで、この村の敷地内にいていただければ良いのです。無論、寝泊まりする場所はこちらで用意いたします。無理強いはできませんが、代々続いた神事です。可能であれば、どうかご配慮を賜りたく……！」

　そう言うと石動は丁寧に手を突き、額を畳に擦り付けた。父親くらい歳の離れた男性にこんな態度を取られるのは初めてだ。瑛吉は「はあ」と面食らい、隣の飛鳥に小声で尋ねた。

「どうする、飛鳥？」

「お断りする理由はないでしょう。そもそも僕たちは、その『十年祭』なる祭礼を取材に来たわけですから」

「取材……ですか？」

「はい。申し遅れましたが、僕は雑誌記者の拝飛鳥と申します。こちらはカメラマンの見取瑛吉さん。この地に古来伝わるという祭礼を取材したく、足を運ばせていただいた次第です」

　自然な手つきで懐から手帳とペンを取り出し、飛鳥がにっこりと笑みを浮かべる。どういう雑誌なのかは伏せるあたり、手慣れているな、と瑛吉は感心した。一方、石動は「道理でこの日に来られたわけだ」と納得し、眉根を寄せて腕を組んだ。

「しかし、せっかく来ていただいたところ誠に申し訳ないのですが、十年祭、こと本祭は内内のものと定まっておりましてな……。村の神社で営まれる本祭に参列できるのは、この村に住む氏子のうち、各々の家の代表の男子だけ。それ以外の者は、本祭の夜は家で物忌みをして過ごすことになっておるのです」

「それも代々続くしきたりなのですか？」

「いかにも。潔斎をお願いする以上、ご希望には応じたいのですが、ずっと続いてきたものを、私の代で勝手に変えるわけにも参りません。であれば……そうですな。神社の本祭以外であれば、どこを取材していただいても良い、ご質問には可能な限りお答えする、ということでいかがですかな。古文書の類も全てお見せいたします」

「ありがとうございます。そのように取り計らっていただけるなら、こちらとしても助かります」

姿勢を正した飛鳥が歯切れよく応じる。それを聞いた石動は大きく安堵し、「ありがたい」と胸を撫で下ろした。


その後、石動は「もう日が落ちますから、村の案内は明日にして、まずは村の歴史を知っていただきたい」と前置きし、古文書の入った木箱を幾つも出させ、村の歴史の古さを解説した。

飛鳥は興味深げにメモを取り、瑛吉は飛鳥に言われるがまま古文書を撮影したが、崩し字の記録はさっぱり読めなかったので関心の持ちようもない。むしろ瑛吉としては、広い敷地に豪奢な建物が並ぶ石動家の方が物珍しく、どうせならそっちの写真を撮りたいと思った。

やがて夜になると、飛鳥と瑛吉は食事や風呂を振る舞われた後、石動家の離れへと案内された。茶室を思わせる作りの離れは風流な平屋で、綺麗に掃除された六畳間には布団が二組用意されていた。

「では明朝、迎えに参ります。昼間に申し上げたように、村の取材は構いませんが、その際は村の者が同行いたします。くれぐれも勝手に出歩かれないように。特に、夜間の外出は絶対にお控えください」

離れの玄関口で石動が険しい口調で念を押す。「それもまた、しきたりですか？」と浴衣に着替えた飛鳥が問うと、石動は「都会の方には夜の田舎は危ないでしょう。そのあたりに熊や野犬がおりますのでな」と笑って立ち去った。

電球の照らす六畳間に取り残された二人は、どちらからともなく顔を見合わせた。ややあって瑛吉が思い出したように溜息を落とすと、飛鳥は愛想のいい笑みを浮かべて瑛吉を労った。

「お疲れ様でした。慣れないことばかりで疲れたでしょう」

「まあな……。囲まれた時はもう死ぬと思ったし。生贄にはしないって聞いて安心したけど、改めて考えてみると、通りがかった相手を無理やり連れてくる時点でかなり変だよな」

「一応、類例はありますよ。江戸時代の記録によれば、尾張《おわり》のとある神社の儺追祭では、近隣の住民を捕まえて神前に捧げ、災厄を被せて追い払っていたとか」

「色んなこと知ってるなあ……。でもそれ、江戸時代の話だろ？　こんな風習が今もまかり通ってる場所があるとは思わなかった」

畳に腰を下ろした瑛吉が苦笑する。と、それを聞いた飛鳥は同意も否定もせず、柔和な表情のままこう返した。

「まあ、『当たり前』は、育った文化によって異なりますからね」

「はい？　どういう意味？」

「そのままの意味ですよ。たとえば……そうですね、瑛吉さん、お生まれは？」

「東京の浅草だよ」

「でしたら、『興奮した大勢の半裸の男性が持ち運び式の神殿をぶつけ合う儀式があり、そこでは暴力や傷害も時に容認される』と聞いたらどう思います？」

「何だそりゃ。野蛮な儀式だなあと思うけど」

「ですよね。では、『下町名物の神輿の喧嘩』と聞かされたらどうでしょう」

「下町の……？　ああ、そういうことか」

瑛吉はようやく飛鳥の言わんとしていることを理解した。瑛吉の生まれ育った浅草の祭りでは、「持ち運び式の神殿」こと神輿が付き物で、異なる町会の神輿同士のぶつかり合いは風物詩の一つだ。荒っぽいのが苦手な瑛吉はあの雰囲気はあまり好きではないのだが、祭りとはああいうものだ、あれが当たり前なんだと受け止めていたことは確かである。

「なるほど。ここでは、通行人を連行するのが当たり前ってことか」

「理解が早くて助かります」

そう言いながら飛鳥は自分のトランクを開け、黒い懐中電灯を取り出した。更におもむろに昼間の着物に着替え始めた飛鳥を見て、瑛吉はぎょっと驚いた。

「え？　おい、何してるんだ……？」

「取材の準備ですが」

「取材？　今から……？　いや、取材は村人が同行するし夜は出るなって言われたばっかりだろ。忘れたわけじゃないよな？」

「当然覚えていますが、ただ与えられた情報をまとめるだけでは広報官と同じじゃないですか。石動さんはどこでも見せると仰っていましたけれど、人は見せたくない物を無意識のうちに、あるいは意識的に隠してしまう生き物です。なればこそ、記者は自分の足と目で稼がなければいけません」

「……要するに、指示を無視して勝手にこっそり取材すると」

「そういう解釈もできますね」

抜け抜けと言い放ちながら着替えを終えた飛鳥は、取材道具一式を懐に収め、「でも、ご安心ください」と瑛吉に笑いかけた。

「気付かれないよう外出するためのルートは、明るいうちに確認済みです。幸い、監視は付いていませんし、屋敷の敷地を囲んでいるのも背の低い生垣だけで、しかも裏手の畑はそのまま外に通じていますからね。あれなら楽勝です」

「随分慣れてるな……」

こいつ、思っていたより図太い野郎だな、と瑛吉は気付き、飛鳥が編集部に重宝される理由を理解した。

「取材ってことは、俺もカメラ持って付いていった方がいいのか？」

「お願いできれば助かります。ああ、言うまでもないですが、村の人に見つからないように気を付けてくださいね？　もし瑛吉さんが見つかった場合、僕は一人でここに戻り、同行者が外出していたとは知らなかったと言い張りますので。あと、くれぐれもストロボは厳禁で……」

「分かってるって」

くどくどと続く忠告に適当な相槌を返しながら、瑛吉は顔をしかめていた。

石動を始めとする村人たちは、いきなり押しかけて来た自分たちに取材の便宜を図ってくれたし、宿泊場所まで与えてくれた。なのに約束を破ってこっそり外出するというのは、彼らの親切心を裏切ることになりはしないか。

と、飛鳥は、黙り込んだ瑛吉を見て心情を察したのだろう、「善人ですねえ」と困ったような笑みを浮かべた。

「お気持ちは分かりますが……実を言うと、記者としての僕の勘が、この村には何かがあると告げているのです。部外者には秘されている、古く、おどろおどろしく、大きな何かが」

「大きな何か？　具体的には」

「分かりません。分からないから調べるんです。さあ、どうされます？」

取材経験の豊富な飛鳥にそう言われてしまうと、素人の瑛吉としては「行かない」とは言いづらい。上手く乗せられている気もするなあと呆れつつ、何もなければ見なかったことにするか後で謝ろう、と自分に言い聞かせつつ、瑛吉は「分かったよ」とうなずき、せっかく馴染んだ浴衣を脱いだ。

飛鳥に誘導され離れから抜け出した瑛吉は、石動家の敷地から出るなり、息を呑んで立ち止まった。

「暗い……！　それに、静かだ……」

驚嘆の声が自然と漏れる。東京の下町で生まれ育った瑛吉にとって、立ち並んだ街灯も、家々の窓から漏れる光もなければ、市電もバスも走っていない静かな夜の風景は新鮮で、そしてやたらと荘厳に思えた。

ここは村の中なので街灯も家もあるのだが、一軒一軒の敷地面積が広い上に家と家との距離が離れており、街灯も数えるほどしか立っていないため、暗がりの面積の方が圧倒的に多い。

空を見上げてみれば暗い地上とは対照的に無数の星が瞬いており、この村の空気の綺麗さが――東京の空がいかに濁っているのかが――よく分かる。

はあー、と間抜けな声を漏らして立ち尽くす瑛吉を、飛鳥は微笑ましそうに見つめていたが、田舎の夜に慣れていないやつを連れ歩いても役に立たないと判断したのか、優しい声を発した。

「とりあえず、瑛吉さんには暗闇に慣れてもらった方が良さそうですねえ。では、今夜は別行動ということで。また離れでお会いしましょう」

「え？　いやちょっと――」

待ってくれよと瑛吉が続ける前に、飛鳥の姿は暗闇の中に消えていた。忍者みたいなやつだと瑛吉は感嘆し、とりあえず村内をぶらついてみることにした。

東京だったら赤提灯がそこらじゅうに煌々と灯り、酔っぱらった勤め人たちが賑やかにクダを巻いている時間帯なのに、あたりは驚くほど静かだ。不気味な上に不安だが、人に出くわす危険性が少ないのは、無断外出中の身としてはありがたい。

「せっかくだし写真も撮っておきたいけど、明らかに光量が足りてないよな……。ストロボ置いてくるんじゃなかった」

ぶつぶつとぼやきながら道に沿ってしばらく歩くと、小さな神社があった。

神主が常駐していない、いわゆる無住社のようだったが、祭礼の期間だからか、鳥居を抜けた先の参道の脇には灯籠が柔らかな光を放ち、その奥の小ぶりの拝殿には一対の灯明が揺れている。その灯りに引き寄せられるように参道を進んだ瑛吉は、あ、と声をあげて足を止めた。

祠《ほこら》と言ってもいいような小さな拝殿の前に、小柄な女性が立っていた。

こちらに背を向けているので顔立ちは見えないが、背丈は瑛吉の胸くらいだ。一目で上質と分かる着物と帯を身に着け、結んだ黒髪には高そうな簪《かんざし》を挿している。

こんな時間に外出している人もいたのか。にしても、綺麗な着物に綺麗な髪だ。ひっそりとした暗闇と相まって、まるで一枚の絵のようで……。

そんなことを思いながら瑛吉が見入っていると、その気配に気付いたのか、女性ははっと振り返った。

「どなたですか？」

和装の女性が――いや、少女が、瑛吉を見据えて声をあげる。

少女の見たところの年齢は十三歳ほどだった。黒目がちの大きな瞳は涼やかで、眉も鼻筋もまっすぐ通っている。丁寧に着付けられた和装や上品な佇まいと相まって、いかにも地方の名家のお嬢様といった風体だ。瑛吉は思わずその姿に見とれ、直後、思い出したように青ざめた。

「しまった……！」

今、村人に見つかるわけにはいかなかったのに、ここまでしっかり出会ってしまったら、これはもう言い逃れのしようがない。おろおろと焦る瑛吉を前に、少女は端整な顔をしかめて警戒した。

「どちら様ですか……？　村の方ではありませんよね……？」

「あ、はい……！　俺、怪しいもんじゃなくて、氏子総代の石動さんのところに泊めてもらってる、カメラマンの見取瑛吉と――って、しまった、それも言っちゃ駄目なんだ……！　ああ俺の馬鹿！」

「ど、どうされたのですか？　落ち着いてくださいませ。ここには、私しかおりませんから……」

取り乱す瑛吉に、少女が困惑しながらも歩み寄って声を掛ける。優しげなその口調に、ざわついていた瑛吉の心が落ち着いていく。瑛吉は「ごめん」ときまり悪そうに頭を掻き、改めて少女に向き直った。

「驚かせてしまって申し訳ないです。それで、あの、凄く勝手なお願いなんだけど……俺にここで会ったことは、秘密にしてもらえれば……」

「かしこまりました。誰にも言いませんので、ご安心を」

「だよな……。そんな虫のいい話は――え。いいの？　ほんとに？」

「はい。実を言うと、私も同じですから」

目を見開く瑛吉の前で、少女が抑えた声を発する。どうやらこの少女もこっそり外出してきたようだ。そのことに気付いた瑛吉が「お互い様ってことか」と口に出すと、少女は顔を赤らめてこくりとうなずき、はにかむように微笑した。

「今宵、ここでお見かけしたことは、誓って誰にも言いません。ですから、私に会われたことも、村の方には秘密に……」

「もちろん。誰にも言わないよ」

瑛吉が宣言すると、少女は胸に手を当ててほっと安堵し、嬉しそうに微笑んだ。

絵になる子だな、と瑛吉は改めて思った。

着こなしや大人びた立ち居振る舞いだけでも充分絵になるのだが、品のいい微笑の奥には年齢相応の行動力がちらりと顔を覗かせており、そこがいっそう魅力的だ。加えて、その佇まいには、どことなく寂しそうな——若さとは不釣り合いな——雰囲気も滲んでいるように感じられ、瑛吉の心をより引き付けた。

「諦観」とでも言うのだろうか。まるで余命の短い病人か老人のような儚さがあり……って、何を考えてるんだ俺は。初対面の相手を前に縁起の悪いことを考えてしまった自分を戒め、瑛吉は少女に向き直った。

「あの、名前聞いてもいい？」

「ミエと申します」

「ミエちゃんか。苗字は」

「ありません。私、小さい頃にここに来ましたから」

「はい？」

少女のあっさりした回答に、瑛吉は思わず眉をひそめた。ミエと名乗った少女の表情を見る限り、からかっているようには見えないものの、言っている意味が分からない。だが、瑛吉が質問を重ねるより先に、ミエは「では、失礼いたします」と一礼して身を翻した。闇の中に消えようとする後ろ姿を、瑛吉はとっさに呼びとめた。

「あ——待って！」

「何でしょう？　私、そろそろ戻らないといけないのですが……」

「ごめん。あの、繰り返しになるけど、俺、一応、カメラマンなんだ。それで、もし良ければ……その、写真を撮らせてほしくて」

胸に下げていたカメラを掲げつつ、瑛吉がおずおずと申し出る。足を止めるミエを前に、瑛吉は境内の灯明や灯籠を見回した。

「暗いけど、絞りと露光を調節すればギリギリ撮れるから。……ダメかな？」

瑛吉がそう申し出た理由には、「せっかく取材に来たのに、ろくな写真を撮れていない」という焦りもあったが、仮にも写真を仕事にしている者として、夜の神社で偶然出会ったミエの姿を——なぜか陰を感じさせるその佇まいを——記録しておきたい、という気持ちの方が大きかった。

真剣な眼差しを向けられたミエは、きょとんと目を丸くしていたが、ややあって微笑を浮かべ、こくりと首を縦に振った。

「はい。ぜひ、お願いしたいです」

「いいの？　ありがとう！」

「こちらこそ、ありがとうございます。私も、私を残しておきたいですから」

自分の体を見下ろしたミエが抑えた声を漏らす。意味ありげな一言に、瑛吉は思わず問いかけていた。

「どういう意味？」

「お構いなく。それより、早くなさった方がよろしいのでは？　この神社は無人ですが、村の方が通りかからないとも限りませんから……」

「確かに。明日の本祭の会場だもんな。誰かが様子を見に来てもおかしくないか」

「えっ？　本祭の会場……？」

瑛吉が漏らした言葉に、ミエがふいに眉根を寄せる。「そう聞いてるんだけど」と瑛吉が問い返すと、ミエは「それは——」と反論しようとしたが、その声はすぐに途切れてしまった。訝しむ瑛吉の前で、ミエは自分自身を説得するようにこくりとうなずき、顔を上げて瑛吉を見た。

「では、お早くお願いいたします」

「え？　いやあの、本祭の会場の話は……」

「お互い、人に見つかると困ったことになるのでしょう？」

瑛吉の疑問をミエが遮り、「さあ」と急かす。口調は上品だけど結構気が強い性格なんだな、と瑛吉は思い、素直にうなずいてカメラを構えた。


写真を数枚撮らせてもらった後、瑛吉はミエと別れ、こっそりと石動家の離れに戻った。部屋に入ると飛鳥は既に帰っており、布団に入って寝付いていた。ミエに出会ったことを勘のいい飛鳥にどう隠し通そうか悩んでいた瑛吉は、ほっと安堵し、浴衣に着替えて自分用の布団に潜り込んだ。

＊＊＊

翌日、二人は朝から五淵が村を見て回った。氏子総代の石動は今日は用事があるとのことで、昨日飛鳥たちを連行した顔ぶれのうちの三人が同行した。

昨日とは打って変わって気さくな態度の村人たちは、「東京の記者さんたちにわざわざ見せるほどのものはない」と謙遜したが、東京育ちの瑛吉の目には、立派な日本家屋から古い寺社から田畑まで、その全てが新鮮に映った。

特に瑛吉が気に入ったのは、村外れの森の奥に広がる湖、村人たちによれば通称「淵」だった。淵と言っても湖ほどの広さがあり、綺麗な青緑色の水面に木々が映り込む様が素晴らしい。瑛吉は感嘆し、何度もシャッターを切った。「この淵のあたりは熊の縄張りだから、長居しない方がいい」と忠告されなければ、もっと粘りたかったくらいだ。

一方、取材慣れしている飛鳥は、特に目新しさを感じていないようだったが、それでもこまめにメモを取り、村人たちに質問を投げかけたりしていた。

「『五淵が村』なのに淵は一つしかないんですね。昔は五つあったんですか？」

「え？　どうだろう。そうかもしれないが……」

「うちの村、歴史だけはあるらしいからな」

「なるほど。確かに、千年もあれば淵が減ってもおかしくないですしね」

そんな具合に和やかに言葉を交わしつつ、一行は村の内外を見て回った。

瑛吉も昨日取り囲まれた時の恐怖を忘れたわけではなかったが、半日近くを一緒に過ごせば気も緩み、次第に口数も増えていく。やがて、木造の小学校の前で、村人の一人が「若者がどんどん都会に出て行ってしまう」と愚痴った時、瑛吉はついこう応じてしまった。

「でも、若い女の子もいますよね。ミエちゃんとか」

そう言った直後、瑛吉は口を滑らせたことに気付いて息を呑んだ。

昨夜外出したことも、ミエと出会ったことも秘密しておかねばならないのに、何をやっているんだ、俺は……！

瑛吉が自分の浅はかさに呆れながら青ざめる。

だが、それに対する村人たちの反応は予想外のものだった。同行していた面々は、怒るでもなく、顔をしかめるでもなく、ただ怪訝に顔を見合わせたのだ。

「『ミエ』？　誰だ、そりゃ」

「そんな娘は村にはおらんぞ。お前、知ってるか？」

「いや、聞かない名前だが……。最近誰かが引っ越してきたなんて話もないし、カメラマンのあんた、誰かと勘違いしてるんじゃないのか？」

「え？」

困惑した様子の村人たちに見つめられた瑛吉もまた戸惑ったが、「じゃあ昨夜、神社にいたあの子は何なんですか」と聞き返すわけにもいかない。瑛吉はただ「はあ……」と気の抜けた相槌を打ち、釈然としない顔で首を傾げた。


部外者立ち入り禁止の本祭が夕方から神社で始まるため、取材は日暮れ前にお開きとなり、飛鳥と瑛吉は石動家の離れに戻った。

飛鳥と二人きりになるなり、瑛吉は自分のリュックからフィルムの現像液や定着液などを取り出した。設備がないので写真を印画紙に焼くことはできないが、フィルムに写ったものを確かめるだけならここでも可能だ。

雨戸を締め切って部屋を真っ暗にした上で、持参した赤の豆電球を灯して昨夜のフィルムを現像すると、やはりと言うべきか、意外にもと言うべきか、着物を着て灯籠の傍に立つ少女の姿がしっかりと浮かび上がってきた。

「やっぱり、写ってるよなあ……」

「ほほう。それが噂のミエさんですか。お綺麗な娘さんですね」

明るくした部屋でフィルムを見据えた瑛吉が独り言を漏らすと、飛鳥が隣からそれを覗き込んできた。ああ、とうなずく瑛吉を飛鳥が見返す。

「昼間のあの時は下手に深掘りしない方がいいと思ったので口を挟みませんでしたが、察するところ、昨夜その方に会って写真を撮らせてもらったわけですね。少なくとも瑛吉さんの主観としては」

「『主観としては』？　俺が勘違いしてるって言いたいのか……？」

「可能性は否定できませんね」

飛鳥が穏やかに微笑する。ムッとした瑛吉が昨夜の出来事を語って聞かせると、飛鳥は「なるほど」とうなずき、開け放たれた窓に歩み寄って続けた。

「では、そのミエさんは、そもそも人ではなかったのかもしれません」

「何だそれ。あの子は幽霊か何かってことか？」

「有り体に言えばそうです。……お忘れですか、瑛吉さん？　少し前まで、あなたのカメラは心霊写真しか撮れなかったんですよ。対処は済ませたとは言え、そういうものへの感度が高くなってしまっていることは、充分に考えられます。使い手の気概次第では、実体のない存在の本質を封じることもできるはずですよ」

「封じる？　ただのカメラにそんなことが――」

「できますよ。達人が本気で描いた肖像画に、モデルの魂がごっそり持っていかれてしまうことがあるように、正確な写し絵は対象に干渉するんです。ですから『写真を撮られると魂を抜かれる』という古い迷信はあながち嘘でもないんですね」
「へえ……。だったらこれは――って、いや、だから、知らない間に写り込んだんだなら
ともかく、俺は実際にこの子に会って話したんだぞ？　あんなはっきりした幽霊はい
ないだろ。……いないよな？」
「僕に聞かれても困りますよ」
瑛吉に不安な顔を向けられた飛鳥は冷淡に肩をすくめ、窓の外へと視線をやった。
フィルムを現像している間に日は落ちきったようで、あたりはかなり薄暗い。敷地を
囲う生垣と、その向こうに広がる暗い森を見ながら、飛鳥は淡々と言葉を重ねた。
「それよりも、出かける支度をお願いします。せっかくの本祭を見損ねてしまう」
「本祭？　……まさか見に行く気か？　部外秘って言われてるのに」
「どう思われます？」
「……行くんだよな、はいはい。正直、そんな気はしてたよ」
聞こえよがしに大きな溜息を落とし、瑛吉はカメラを手に取った。「瑛吉さんもだ
いぶ慣れてきましたね」と飛鳥が嬉しそうに微笑み、再び窓に目を向ける。
「それと、気付いておられるか分かりませんが、離れの周囲に何人か見張りの方がい
ます。僕たちを監視しているようです」
「ほんとか？　全然気付いてなかった……！　やっぱり昨夜の外出がバレたのかな

……。ど、どうする？　やめとくか？」

カメラを首に掛けた瑛吉が不安げに問いかける。臆病な瑛吉としては、「ですね。やめておきましょう」という穏当な返事を期待したのだが、飛鳥はここ数日間ですっかり見慣れた笑みを浮かべ、力強く声を発した。

「ご安心を。方法はいくらでもあります」

飛鳥がどういう方法を使ったのか瑛吉には分からなかったが、ともあれ、二人は無事に石動家を抜け出すことに成功した。

本祭に参列する各家の代表以外の村民たちは家に籠もっているのだろう、宵闇に包まれた村は厳かに静まりかえっている。瑛吉は「見つかりませんように」と祈りつつ、懐中電灯を携えて先を進む飛鳥の背中に小声で尋ねた。今回は、夜間撮影に対応できるよう、カメラにはストロボを据え付け、重たいバッテリーケースも下げている。

「なあ、どうやって見張りをごまかしたんだ？」

「一応これでも本業は拝み屋ですからね。あれくらいのことはできますよ。あ、具体的な方法については、職務上の秘密ということで」

「拝み屋ってそんなこともできるのか……」

呆れと感心と恐れの入り混じった声が自然と漏れる。正直言って信じられないが、実際見つかっていないのだから嘘だと断じることもできない。瑛吉は不可解な顔で首を捻り、更に質問を投げかけた。

「それと、気になってるんだけど、行き先間違ってないか？　このまま行くと村外れだぞ。本祭は神社でやるんだから、あっち、村の中心へ行かないと――」

「あれは嘘でしょうね」

飛鳥のきっぱりとした明言が、瑛吉の問いかけを遮った。「嘘？」と問い返す瑛吉の前で、飛鳥が早足で進みながら首肯する。

「神社は昼間に見ましたが、何の飾りつけもなければ、支度もされていませんでした。神主や禰宜《ねぎ》も見当たりませんでしたし、十年に一度の大事な祭りの直前にはとても見えません。僕らを騙すなら、もう少し手を掛けるべきでしたね」

「『騙す』……？　ちょっと待った。それって、氏子総代の石動さんも村の人たちも、口裏を合わせて俺たちを騙してたってことか……？」

そう尋ねる瑛吉の声は震えていた。

瑛吉はこの村の人たちのことを、しきたりを重んじるだけの、裏表のない性格の人々だと思っていた。

だが、もし飛鳥の言う通りなら、自分はまんまと騙されていたことになる。飛鳥の言葉が正しいとすると、神社が本祭会場と聞かされた時のミエの反応にも納得がいくが、なぜ石動たちがそんな嘘を吐いていたのかが分からない。

もしかして俺は、何か大きなものを見落としているのか……？

根拠のない不安が膨らむのを感じながら、瑛吉は更に問いを重ねた。

「と言うか、神社ってのが嘘だったら、本祭は一体どこでやってるって――」

「この『五淵が村』の名前の由来になった場所です」

飛鳥の声が再び瑛吉の質問に被さり、打ち消す。「それって」と瑛吉が言うより早く、飛鳥はよく通る声で先を続けた。

「森の中の、あの淵ですよ」

＊＊＊

瑛吉を伴った飛鳥は迷いなく村を出て森に入り、件の淵の傍で足を止めた。

飛鳥の懐中電灯だけでは照らしきれないほど広い水面は、昼間よりもなお荘厳だ。やっぱりこれは淵というより湖だよな、と瑛吉は思い、飛鳥に訝りの目を向けた。

「本当にここで本祭を……？　誰もいないし、何の準備もされてないぞ」

「そんなことはありませんよ。村からここに来る道のりの草が、丁寧に刈られていたでしょう？」

「え？　あ、言われてみれば……」

「都会に住んでいると、道に草が茂っていないのが当たり前だと思ってしまいますからね。気付かないのも無理はありませんが、これは明らかに、ここまで何かを運ぶための支度です」

「何かって――」

「しっ」

飛鳥がふいに口元に指を立てて瑛吉を黙らせる。飛鳥は、瑛吉を道から少し離れた位置にある木の陰に隠れさせ、自分も傍に身を潜めて懐中電灯を消した。途端にあたりが真っ暗になる。驚いた瑛吉は「何するんだよ」と声をあげそうになったが、その時、ざっ、ざっという物音が響いてきた。

足音だ。それも一人ではない……！

そう気付いた瑛吉が口をつぐんで振り返ると、木々の向こう、村の方角に松明《たいまつ》の灯りがちらついていた。

「……来ましたね」

飛鳥がぼそりと声を漏らす。

二人が目を凝らして見つめる先に、足音を響かせ、松明に先導されて現れたのは、正装した羽織袴の男たちだった。

人数はざっと二十人前後。先頭の二人は杉皮を丸めて作った松明を手にしており、氏子総代の石動がそれに続く。隊列の中には、昨日瑛吉たちを取り囲み、今日案内してくれた面々も含まれていた。

列の中ほどには、人一人が入れそうな大きさの木箱を六人がかりで担いでいる者たちがおり、瑛吉は、時代劇で見る駕籠か、昔の棺桶のようだと思った。

大きな木箱の後には、柴や薪の束を持った男たちが続いていたが、誰一人口を開こうとはせず、ただ足音と松明の燃える音だけが響いている。

沈黙したまま淵に近づいていく隊列を見て、瑛吉は、おそらくこれが十年祭の本祭なのだと悟り、同時にひどく訝しんだ。

祭りというのは賑やかで華やかなものだと瑛吉は思っていたが、目の前のこれは、ひたすらに静かで、そして、おそろしく陰気だった。葬式の方がまだましだ。

やがて淵のほとりに辿り着いた村人たちは、無言で大きな木箱を岸辺に下ろし、箱の左右に、運んできた木材で篝火《かがりび》を組み上げて火をつけた。

二つの炎に挟まれる木箱の前で、氏子総代の石動が淵に向かって一礼し、祝詞のような文句を唱え始める。

独特の抑揚がついた詠唱は瑛吉には意味が分からなかったが、「此度もお納めくださいー」という一節だけは聞き取れた。

数分間の詠唱が終わると、石動を含めた村人たちは揃って淵に向かってもう一度頭を下げ、顔を見合わせて足早に立ち去ってしまった。

後には、燃え続ける二つの篝火と、大きな箱だけが残っている。

固唾を呑んで見守っていた瑛吉は、見つからなかったことに安堵し、写真を全く撮っていないことを思い出した。これでは何をしに来たのか分からない。慌てた瑛吉が胸に下げたカメラに手を伸ばした時、ガタン、と木箱が音を立てた。

息を呑んだ瑛吉たちが見つめる先で、蓋が内側から押し開けられ、箱の中から一人の娘が現れる。

花嫁衣裳を思わせる白地の着物の上にレースのような薄布を纏い、結い上げられた長い黒髪に、大きな切れ長の目。無言のまま静かに岸辺に正座した娘を見て、瑛吉は「ミエちゃん」と声を漏らしていた。

なるほど、と隣で飛鳥がうなずく。

「あれがミエさんですか。見たところ、幽霊の類ではなさそうですね」

「当たり前だろ……！　やっぱり、あの子は村にいたんだ。なのに、何でみんな知らないふりなんか……」

「まあ、ある程度見当は付きますが——」

ふいに飛鳥の言葉が途切れた。どうしたんだと瑛吉が見つめた先で、飛鳥はミエに……いや、淵に顔を向けたまま、元々細い目を更に細めた。

「出ますよ」

抑えた声が短く響く。

「出るって、どこから何が」と尋ねる必要は瑛吉にはなかった。

篝火の照らす淵の水面がボコボコと泡立ったかと思うと、巨大な何かが、ゆっくりと水上に姿を現したのだ。

生臭い匂いとともに、上半身だけを水面から突き出したそれを見て、瑛吉が最初に思ったのは、大きい牛だ、ということだった。

それの頭上には、牡牛を思わせる二本の角が伸びていたからだ。

もっとも、牛に似ているのはその点だけだ。前方に突き出た大きな口には尖った牙が、前足の先には蹄ではなく鉤爪を備えた太い指が並んでいるし、そもそも上半身だけで三メートル以上はあり、しかもその全身はうっすら透けて向こうが見えている。こんな生き物がいるはずがないということは、動物に詳しくない瑛吉にもすぐに分かった。

「え？　なっ、な、なん——何だ、あれ……！　まるで映画か漫画の怪獣じゃないか……！　おい飛鳥、お前は何か知って——」

茫然となった瑛吉は、答えを求めて隣の飛鳥に目をやり、直後、はっと絶句した。

ずっと保たれていたあの愛想のいい微笑が、飛鳥の顔から消えていた。

驚いた瑛吉が見つめる先で、真顔の飛鳥は、ただ無表情に淵の怪獣を見据え、微かな舌打ちの音を漏らした。

「……また、外れか」

失望の声が短く響く。感情のままに漏れたであろうその一声を聞いた時、瑛吉は、これが――これこそが――こいつの本性なんだ、と理解していた。

誰にでも愛想のいい、飄々とした食えないやつだと思っていたけれど、それはあくまで世を渡るための仮面のようなものだったようだ。

そんなことを考え始めた矢先、瑛吉は我に返り、「馬鹿か俺！」と自分を叱った。今は飛鳥の本性よりも、あの怪獣の方が問題だ。

「飛鳥、何が起きてるんだ？　あれは何なんだ⁉　何か知ってるんだろ？」

「見たままですよ。五淵が村の十年祭はやはり、生贄を捧げる儀式だったんです。十年毎に、生きた人間を『あれ』に差し出すという……」

「だから『あれ』は何なんだよ！」

「神として見るなら、名もなき淵の神か山の神。妖怪として見るなら、『牛鬼《うしおに》』といったところでしょうね。後者の性格がかなり強いようですが」

「よ、妖怪？　牛鬼……？」

「そうです。信じ難いとは思いますが、この世界にはまだ、ああいうものもいるのです。牛鬼は日本各地に伝わるもののけで、その多くは水辺に現れて人を食うと言われていますね」

人を食う。

淡々と告げられたその一節を聞くなり、瑛吉は反射的にミエへと向き直っていた。

半透明の巨体の怪物、飛鳥に言わせれば「牛鬼」は、ぶるぶると体を振るって水滴を飛ばし、ミエをまっすぐ見下ろした。

人と相対するとその体の大きさがよく分かる。その威圧感は、隠れて見ている瑛吉でさえ足がすくむほどだ。にもかかわらず、ミエはきちんと岸辺に正座したまま、牛鬼を一瞥して首を垂れた。

「何で……」と瑛吉は思わず声を漏らしていた。

妖怪だかもののけだかが実在するということからして信じられないが、それよりもなお理解できないのは、ミエが逃げようとしないことだった。ミエは縛られているわけでもないし、表情を見る限り、正気を失っているわけでもなさそうだ。なのに。

「なのに、何で逃げないんだ……！　ああもう――」

「待って」

思わず飛び出そうとした瑛吉の腕を、飛鳥がすかさず摑んで止める。細腕には似合わない腕力で瑛吉を引き寄せた飛鳥は、腹が立つほど冷静沈着な声を発した。

「落ち着いてください。幸い、牛鬼は、まだこちらの存在に気付いていない」

「だから何!?　隠れてろってことか？　じゃあ、あの子は――ミエちゃんはどうなるんだよ！　自分で動こうとしないなら、引っ張って助けるしか――」

「言いましたよね。『当たり前』は、育った文化によって異なるんです」

「はい？　お前なあ、こんな時に何の話を」

「いいから聞いてください。あなたは、なぜ彼女は逃げないのか、と問いましたね？　東京という、一般的とされる常識が根付いた街で生まれ育った瑛吉さんには実感できないでしょうが、生贄を捧げることが、あるいは自分が生贄になることが当然という生き方も、この世界にはあるんです。ここではこれが当たり前なんです」

　飛鳥の語りはあくまで淡々としていたが、反論を封じる圧がそこにはあった。黙り込んでしまった瑛吉の腕を摑んだまま、飛鳥はミエを見やって口早に続ける。

「おそらく、彼女はこうなるために育てられた存在なんです。苗字がないのは、そもそも村の人口として数えられていないからで、村人たちよりいい服を着せられているのは、できる限り高級なものを捧げた方が、供物を受け取る側が喜ぶから……。ミエという名前は、『美』しい『餌』と書くのでしょう」

「美しい……餌」

「そうです。これが十年祭の本祭だとすれば、僕たちが村に入るなり捕まった理由も分かります」

「あっ、この本祭を見せないためか……！　だからあの子はあんなことを――」

啞然としながら、瑛吉は昨夜のミエの言葉の真意を悟った。

――私も、私を残しておきたいですから。

自分が明晩この世からいなくなると知っていたから、ミエはああ言ったのだ。そのことに瑛吉は今になって気付き、ミエの微笑みの奥に滲んでいた諦観の意味を、そして、神社に佇みながら祈りも参りもしていなかった理由を察した。

自分の命を奪う相手に、何を願うことがあるだろう。

「なるほど――って、いや、それで納得できるわけないだろ？　人が食われるんだぞ？　殺されるってことだぞ!?　そんなの、見過ごせるわけが――」

「ならば僕も問いましょう。氏子総代の石動さんの言葉を借りれば、これは、千年の歴史を誇る五淵が村で、ずっと続いてきた神事です。それを余所者の僕らが中断させていいんですか？　その結果、何らかの被害が生じたとして、責任を取る覚悟がありますか？」

「え。そ、それは……」

冷ややかに見据えられた瑛吉が口ごもって目を逸らす。飛鳥はそれ以上問い詰めようとせず、再びミエに視線を向けた。

　牛鬼は生贄の具合を確かめているのか、ふんふんとミエの匂いを嗅いでおり、ミエはぴくりとも動かないままだ。「見たところ」と飛鳥が続ける。

「彼女は覚悟を決めているようです。こうなることを受け入れて育ってきたのでしょう。だとすれば、それを邪魔する権利が僕らにあるとお思いですか？　そもそもこの世界では、常にどこかで誰かが命を失っています。今回、僕らは、たまたまその一つに出くわしてしまっただけで――」

「うるさいっ！」

　気が付くと瑛吉は大声をあげていた。

　木陰から轟いたその叫び声に、牛鬼とミエがはっと反応する中、瑛吉は飛鳥の手を力任せに振りほどいていた。

　確かに飛鳥の言葉は正しいのだろうと瑛吉は思う。正しいのだろうけれど、一度だけでも言葉を交わした相手が目の前で命を落とそうとしているのに、何もせずに見続けることは、瑛吉にはできなかった。

　カメラを首に下げたまま、瑛吉は勢いよく木陰から飛び出――せなかった。

　飛び出そうとした姿勢のまま、瑛吉の体がぴたりと静止する。

「な、何だこれ？　体が動かない……！」

「『金縛り』と言えば分かりやすいですかね。見張りの方たちを足止めしたのと同じものです。なお、認識を阻害する術も併用しましたので、牛鬼やミエさんには僕たちが見えていないはずですよ」

戸惑う瑛吉の自問に応じる飛鳥の顔には、いつの間にか、あの見慣れた微笑が戻っていた。呆れと感心が半々で入り混じったような表情の飛鳥は、固まった瑛吉を見やり、大袈裟に肩をすくめてみせた。

「まったく、この状況で撮影よりも人命救助を優先するなんて……。カメラマンとしてはどうかと思いますが、そういう人は嫌いじゃないですよ。ですが、今あなたが飛び出してもどうにもなりません。犠牲が一人増えるだけです」

「それは……いや、だったら、飛鳥が行けよ！　不思議な力はあるし、化け物には詳しいし、お前だったら何とかできるんじゃないのか？」

不自然な姿勢で固まったまま、瑛吉が必死に反論する。縋るような視線を向けられた飛鳥は、再び冷淡な顔に戻り、「確かに」と首を縦に振った。

「ですが、助けるには条件があります」

機械のような――あるいは必死に自分を抑えているような――冷え切った声が短く響く。「条件って」と問い返す瑛吉を無視し、飛鳥はミエと牛鬼に目を向けた。

細められた双眸が見つめる先で、牛鬼は大樹のような前足を淵の岸に下ろし、舌なめずりをした。いよいよミエを食らうつもりのようだ。

岸に座したままのミエは、とうに腹を括っているのか、依然として動かない。

だが、いよいよ牛鬼が大きな口をガバリと開けた、その時。

ミエの体がぶるっと震えた。

「やっぱり、嫌……！　助けて……！」

振り絞るような悲痛な声が微かに漏れる。

耳を澄ましていても聞き逃してしまいそうなほどに小さいその声が響いた瞬間、飛鳥の姿が瑛吉の前から消えた。同時に金縛りが解け、瑛吉の体がつんのめる。

「へっ？　飛鳥――あ！」

飛鳥は消えたのではなく、弾かれたような速さで木陰から飛び出したのだ。

瑛吉がそう気付いた時には既に、飛鳥はミエと牛鬼の間に立っていた。

自分を庇うように立つ和装で細身の男を見上げ、ミエの目が丸くなる。

「え。ど、どなたですか……？」

「偶然居合わせた拝み屋ですが、話は後です」

そう言うと飛鳥は顔を上げ、牛鬼に向き直った。細めた目を向けられた牛鬼は、食事の邪魔をされて苛立ったのか、飛鳥の敵意に反応したのか、飛鳥を真っ向から睨み返し、前足を振り上げて唸りをあげた。

ブルルルルウ……！　という、重機のエンジン音のような唸り声が、周囲の木々や水面を震わせる。その威嚇には、離れて見ている瑛吉も真っ青になるほどの凄みがあったが、飛鳥は全く動じることなく、指で三角形を三回描いた後、拝むように右の掌をまっすぐ立てて口を開いた。

「――『白澤避百怪図《はくたくひひやくかいず》』に曰く、故《ふる》き淵に精魅あり」

古めかしい言葉が響き始めるなり、牛鬼の動きが固まった。

「其の精は水なり、影なり、午にして丑なり。水は陽に建《おさ》し、影は陰に建し、陰陽二建、倶《とも》に午に会し、丑を以て午に配す。赤蛇、地に落ちれば鬼、啼《な》き、鬼啼けば其の精は愚なり、愚なれど髄なり――」

飛鳥の淡々とした声は続いていたが、牛鬼はぴくりとも動かない。まるで映画のフィルムを途中で止めたように、不自然に静止している牛鬼の姿に、これは単に五体の動きを封じるだけの金縛りじゃないと瑛吉は気付いた。

瑛吉とミエが呆気に取られて見入る先で、飛鳥はぶつぶつと言葉を重ねていたが、やがて「なるほど」と溜息を吐いた。

「そういういきさつでしたか。言わば、あなたも被害者だったわけですね。同情はしますが――でも、すみません」

いたたまれない声で飛鳥が詫びる。

そして、飛鳥が頭を下げるのと同時に、牛鬼の巨体が弾け飛んだ。

「グガアアアアアアアアアアアアアア……！」

爆散する直前に体が自由になったのだろう、凄まじい声量の断末魔の叫びを残しながら、牛鬼は細切れに吹き飛び、消えた。

「……すっげえ」

木陰でぺたんとへたり込み、瑛吉は間抜けな声を漏らした。ミエも度肝を抜かれたのだろう、蒼白な顔を飛鳥に向け、戸惑った声で問いかける。

「あ、あなた、今、何を……？　神様を……殺したのですか？」

「散らしただけですよ。解《ほど》いた、と言ってもいいでしょう。あれはそもそも生き物ではありませんから、殺すことはできませんし、死ぬこともない。いずれ元通りに再生するでしょうが……今は自然への畏敬の念が薄れてきていますからね。もしかしたら、もう戻らないかもしれません」

そう言うと、飛鳥は寂しそうな微笑を淵へと向けた。

篝火の照らす水面には爆発が生んだ波紋がまだ多少残っていたが、それもすぐに消えてしまう。水面が完全に静かになるのを見届けると、飛鳥は座り込んだままのミエへと振り返り、愛想のいい微笑を浮かべて右手を差し出した。

「さあ、立ってください。今の叫び声は村にも聞こえたはずです。村の方たちが様子を見に戻ってくる前に、あなたは隠れておいた方がいい」

その後、飛鳥は茫然としていた瑛吉を呼びつけ、ミエには木陰に隠れているように言った。

ミエが言われた通りに身を潜めてほどなく、懐中電灯を手にした村人たちが急ぎ足で現れた。村人たちは、淵に佇む飛鳥と瑛吉を見るなり絶句し、その場で固まった。ざわざわと困惑が広がる中、氏子総代の石動が震える声を絞り出す。

「あ、あんたたち、どうしてここに……？　何を見た？　何をしたんだ？」

「淵から現れた化け物が、箱から出てきた女の子を食べるのを見ました。化け物はこっちにも襲い掛かってきたので、やむなく退治しただけです」

しれっと応じる飛鳥である。ミエが死んだことにするつもりか、と瑛吉は理解した。

一方、石動は真っ青になり、「何だと……！」と痛ましい声を発した。

「退治した……!?　あんた、一体、何者だ……！　いや、そんなことよりもだ！　神様が――わしらの先祖が、千年の昔から祀り続けてきた神が――」

「あいにくですが、あれはそんな大したものではありませんよ」

飛鳥の落ち着いた一声が石動を遮る。その場の一同の視線が集まる中、和装の拝み屋は静かな淵を一瞥し、やるせなさそうに溜息を落とした。

「今しがた僕が手に掛けたあの牛鬼は、間違いなくただの妖怪でした。元は神の一面も持っていたかもしれませんが、それも今は昔のお話です。供物と引き換えに里に恩恵をもたらすような力は持っていませんし、そもそも複雑な思考すらできません。ただ縄張りに近づく者があれば姿を現して襲い掛かり、誰も来なければ大人しく淵に身を沈めているだけの、極めて単純な妖怪です」

「妖怪……？　何であんたにそんなことが分かる！」

「あの牛鬼を読んだからですよ」

「……『読んだ』、だと？」

「はい。僕ら人間を含めた生物や、あるいは水や土のような物質は、いずれも確固たる実体に依って立っているわけですが、妖怪を始めとしたあの手合いは、実体ではなく情報こそを媒体として生まれ、この世に息づいています。彼らは言わば、世界という紙面に直接書き込まれたテキストのようなもの。それを観察し、読み解き、理解し、場合によっては解きほぐす……。僕には、そういうことができるんです」

　石動と村人たちに向き直った飛鳥が流暢に語る。

　飛鳥がなぜそんなことを知っていて、どうしてそんなことができるのか、具体的な根拠は全く示されていない。にもかかわらず、飛鳥の言葉には妙な説得力があり、瑛吉を含めた一同は揃って黙り込むしかなかった。

静かになった面々を見回し、飛鳥が残念そうに肩をすくめる。

「初めから、生贄を用意する必要なんてなかったんですよ。この淵に近づかないように示し合わせ、放っておくだけで良かったのに……。あなたたちはただ、危険な化け物を餌付けしていただけなんです。人の命を差し出してまで」

「何だと……？」

「じゃあ、この人たちは千年間も勘違いを……？」

絶句した石動に続き、神妙な表情で瑛吉がつぶやく。と、それを聞いた飛鳥は首を左右に振った。

「いえ、それは違います」

「え？　だってこの村は千年の歴史が……」

「そのことは、申し上げるか迷っていたんですけどね……。おそらく……いえ、ほぼ間違いなく、この村の歴史は千年もありません。せいぜい百年でしょう」

「百年……!?」

目を丸くした石動が飛鳥を見据え、周囲の村人たちがざわつき始める。どういうことだと言いたげな視線を四方から向けられ、飛鳥は「実を言うと」と話し始めた。

「祭りの由来を伺った時点で怪しいと思っていたんです。祭りの起こりは千年前の人柱とのことでしたが、超常存在への定期的な給餌行動である生贄と、一回限定の呪術である人柱では、その性質がまるで違う。生贄と人柱の混同は、現代人がやらかしがちな間違いなんですよ。だから、まるで近代以降の人が作った話のようだなと思っていたんですが……今さっき、牛鬼を読んで確信しました。湖か池にしか見えないこの『淵』は、元は名前の通りの淵だったんです。それが近年になって掘り広げられ、今の形になったんですね」

飛鳥はそう言って、すっかり静かになった淵を一瞥した。

「『五淵』という地名自体は確かに古いようで、取材に先立って調べた記録にも載っていました。ですが、かつての五淵は、山仕事の樵《きこり》や猟師たちが一時的に休むための小屋が数軒あっただけの場所でした。今の形になったのは百年ばかり前、幕末から明治時代の初め頃……。皆さんの三、四代前の時代と思われます」

「祖父や曽祖父の世代ということか……？」

「はい。――ここからは推測ですが、今ある五淵が村を築いたのは、幕府に与し、明治政府に敗れた佐幕派の武士とその家族だったのではないでしょうか。時代的には丁度、新政府の勝利が決した頃ですからね。官軍に手配された彼らは、追跡から逃れるためにこの土地に逃げ込み、ここにいた樵たちを何らかの手段で排除しました。その上で身分を隠し、明治維新期のどさくさに紛れて架空の村の歴史を作り上げ、それを共有したんです。記録を捏造してまでも」

「ね――捏造だと？　何の根拠があってそんなことを……！　あんたも、うちで古文書を見ただろうが！」

「拝見したからこそ、そう申し上げているんですよ。あの文書類は、千年に渡って書き継がれた記録のはずなのに、筆跡や文体が数パターンしかない上、その時代になかったはずの言い回しも多い。確かに紙は古いですが、古文書の捏造技術は江戸時代中期には既に確立されていますからね。僕の言葉を疑われるなら、然るべき機関に鑑定してもらってください」

飛鳥がまっすぐ見つめると、石動は、ぐっ、と唸って黙り込んでしまった。気まずげに沈黙した石動を前に、飛鳥は申し訳なさそうに先を続ける。

「村に立派なお屋敷が多いところを見ると、この村を築いた先人たちは結構な資産家だったか、幕府から資金を持ち出していたのでしょう。彼らはここで生きていくために田畑を開墾し、淵を広げて溜池を作った……。しかし彼らは、樵たちがここに定住しなかった理由を知りませんでした。この土地に住み続けていたもののことを」

「――牛鬼か」

「そうです、瑛吉さん。『五淵』の『五』は、本来『牛』だったのでしょうね。『牛』という字は『ゴ』とも読みますから。突然現れた牛鬼は、溜池の完成を祝う村人たちを襲って食らい、満足して淵へと消えた。ですが十年後、牛鬼はまた現れたんです。

牛鬼が周期的に出てくると知った村人は、さぞ困ったと思います」

「そっか……！　昔からここに住んでいることにしてしまった以上、『そんなものがいるとは知らなかった』とは言えないし、外に助けを求めるわけにも……」

「そういうことです。そこで始まったのが十年祭なのでしょう。何らかの方法で用意した生贄用の人間を戸籍のない状態で養育しておき、同時に、『祭りの日にあの村に行くと捕まる』という噂を流して外部からの訪問者を遠ざける……」

飛鳥の語りはそこで終わった。青ざめた石動に「本当か……？」と尋ねられ、飛鳥は困ったように肩をすくめて苦笑した。

「ですから、推測だと言ったじゃありませんか。百年前を知る世代がご存命でしたら、確かめようもありましたが」

「……その世代はもう、誰も残っていない」

苦渋の表情で石動が告げると、飛鳥は「そうですか」とだけ相槌を打ち、黙り込んだ。淵のほとりに気まずい沈黙が満ちていく。

だが、不安げに視線を交わす村人たちの顔に一抹の安堵が滲んでいることに、瑛吉は気付いた。牛鬼がいなくなった以上、もうあの非人道的な儀式を続けなくていいと安心しているのだろう。

そんな中、石動は村人たちを黙って見回し、飛鳥の前に歩み出た。

「もしも、全てがあんたの……いや、あなたの仰る通りであるのならば――わしは、礼を言わねばなりません。忌まわしい化け物を退治し、無駄で非道な伝統を終わらせてくださったこと、心よりお礼を申し上げます。……ありがとう」

石動が深々と頭を下げる。親子ほども年の離れた若者、それも余所者に対して自分たちの非を堂々と認める姿に、瑛吉は思わず感じ入ったのだが、飛鳥の反応はまるで違った。

ずっと落ち着きを保っていた飛鳥は、ふいに眉尻を吊り上げ、石動を睨んだ。

「では、無駄でなければ続けていたのですか？」

「え」

「あなた方に礼など言われたくありません。そこにどんな理由があったにせよ、多数のために一人を犠牲にするやり方を受け入れてきた人たちに感謝されても、そんなもの、嬉しいはずがない……！」

飛鳥が吐き捨てるように言い放つ。憤りを隠そうともしない表情と剣幕に、瑛吉は、こいつ、こんな風に怒るんだ……と驚いた。飛鳥に見据えられた石動は、気圧されてしまったのだろう、びくっと震え、「ですが」と食い下がった。

「わしも――わしらもずっと、生贄は間違っていると思っていたのです……！　父や祖父からは、十年祭を続けないと恐ろしいことが起きると何度も何度も言われておりました。だから続けるしかなかったのです……！　ですが、だからこそ、生贄役には最善の対応をして参りました……！　居なくなっても悲しむ者のない子供を、死んだことにして村で引き取り、どこに出しても恥ずかしくないように、祭りの日までは楽しく過ごせるように――本祭が来ても後悔せずにいられるように――きちんと育ててきたのです……！　無論、祭りの後は、事情を知る者全員で丁寧な供養を」

「それが何になります？　言い訳にしか聞こえませんね。供養しようが、今更いくら詫びようが、犠牲になった命は返りませんよ」

険しい顔の飛鳥が石動を見返し、あたりを再び沈黙が包んだ。

先ほどまで村人たちが漂わせていた安堵感はいつの間にか消え失せており、ずっしりと重い罪悪感がそれに取って代わっている。

この人たちは今後ずっと、この重たさを抱えて生きていくことになるのだろう。

瑛吉は何か言おうと思ったが、言うべき言葉は見つけられなかった。

やがて村人たちがすごすごと立ち去ると、飛鳥は一同を無言で見送った後、木陰に隠れていたミエに歩み寄った。

一連の話を聞いていたようで、ミエは複雑な表情だったが、「無事で良かったよ」と瑛吉が声を掛けると、戸惑ったように眉をひそめ、ややあって息を呑んだ。

「あっ、昨夜のカメラマンさん……！　いらっしゃったのですか？」

「ずっといたよ！　今まで気付いてなかったわけ……？」

「暗かったですし、色々とそれどころじゃなかったですからね。それで、ミエさんの今後のことについてなのですが……ひとまず、身を寄せる先が必要でしょう。よろしければ一緒に東京へ来ませんか？」

柔和な態度に戻った飛鳥が、ミエへと優しく語りかける。「僕らの身分を保証する物は何もないので、拒まれても仕方ありませんが」と苦笑する飛鳥を見て、ミエは信用できると思ったのだろう、「お願いいたします」と頭を下げた。

「どうなることかと思ったけど、とりあえず一件落着か」

溜息を吐いた瑛吉が素直な感想を漏らす。と、それを聞いた飛鳥は、何とも言えない笑みを瑛吉へ――正確にはその胸元のカメラへ――向けた。

「さっきは、撮影よりも人命救助を優先するような人は嫌いじゃないと申し上げましたけど……そろそろ、ここに来た本来の目的を思い出してもいいのでは？」

「本来の？　ああっ！　そうだ、写真……！」

淵に着いてからこっち、シャッターチャンスが山のようにあったこと、そして、その全てを撮り逃していたことに、瑛吉は今更ながら気が付いた。

凄まじく衝撃的な光景を幾つも目にしたのに……それらはしっかり脳裏に焼き付い

ているのに、一枚も写真に残っていない。

頭を抱える瑛吉を前に、飛鳥は腕を組んでやれやれと微笑み、傍らのミエと顔を見合わせた。

＊＊＊

東京に着くと、飛鳥はミエを連れて立ち去った。

飛鳥が言うには、「僕の下宿先は麻布《あざぶ》の古いお屋敷なんですが、空き部屋が多いんですよ。家主である奥様は世話好きの優しい方ですし、ミエさんにはとりあえずそこに落ち着いてもらって、その上で、今後の身の振り方を考えてもらえれば」とのことだった。

瑛吉は、最初から最後まで飛鳥に頼りきりだった自分が情けなくもあったが、ミエを引き取れる当てもないので「まあ、これで良かったよ」と自答し、改めてミエの今後の幸せを祈った。

東京に戻った数日後、瑛吉は現像した写真を持って近代探訪社を訪れた。

昼間に取材した時の平和な風景や、全てが終わった後の夜の淵などの写真を見せられた下野瀬編集長は、これ見よがしに落胆した。

「見取君さあ。絵葉書作ってるんじゃないんだから」

「すみません……！　やっぱり、没ですかね……？」

「まあ使うよ。使うけどね。実際問題、こういうのしか撮れないってことくらい、俺も分かってるわけだから。でもさ、どうせならもっとこう、不穏なやつが欲しいのよ。何せ、本文がこうなんだから」

そう言うと下野瀬編集長は、デスクの上の原稿用紙の束を瑛吉に差し出した。

「山中の秘境に残る恐怖の因習！　千年前から続く人身御供の儀式」と題されたそれは、今回の取材を踏まえて飛鳥が書いた原稿だった。千年前から続く人身御供の儀式の噂をおどろおどろしくセンセーショナルに書いた内容は、五淵が村の事件をモデルにしているものの、瑛吉が実際に見聞きしたものとはまるで違う。呆れた瑛吉が思わず「嘘ばっかりだ」とつぶやくと、下野瀬は「分かってるよ」と眉根を寄せた。

「そんなことは読む方も分かってるんだ。その上で、『こういう野蛮で未開な土地がまだあるかも？』ってのがウケるんだよ。拝のやつはそれを知ってるから、抜け抜けとこういうものを出してくる。だからあいつは重宝されるのよ。君も、本物の妖怪を撮ってくるくらいの気概を見せてもらわないと！」

「本物の妖怪って……。まあ、頑張ってはみますけど」

適当な返事をしつつ、瑛吉は飛鳥の世渡りの上手さにしみじみと呆れ、でも、単に要領がいいだけのやつでもないよな、と心の中で付け足した。

拝み屋としての奇妙な技能や知識の仕入れ先も気になるが、それ以上に、牛鬼を見て「また、外れか」とつぶやいた時の顔や、「礼など言われたくありません」と氏子総代の石動に食って掛かった時の剣幕が、瑛吉の胸にずっと引っかかっていた。

――そっちはどうして胡散臭い雑誌の記者なんかやってるんだ？

五淵が村行きの夜行列車の中で瑛吉が投げかけ、受け流された質問が、ふと思い起こされる。

飛鳥はどうしてこんなことを続けてるんだろうな……と、瑛吉は改めて思った。

第二話

天女伝説の島の秘密！
漆黒の浜に異形の仮面が踊る

「見取君さあ。俺、宇宙人特集組むからＵＦＯの写真撮ってこいって言ったよね？　ＵＦＯって知ってるよね？　空飛ぶ円盤だよ、空飛ぶ円盤！　で、ＵＦＯがよく来るって噂の場所も教えたよね？　なのに撮れなかったってどういうことよ」

四谷の雑居ビルの四階にある「月刊奇怪倶楽部」の編集部に、下野瀬編集長のねちねちとした苦言が響く。自席に腰掛けた下野瀬にじろりと睨まれた瑛吉は、デスクの傍らに立ったまま、「すみません……」と顔を伏せた。

「でも、最初に『無理だと思います』って言ったじゃないですか……！　これでも一応、一週間張り込んだんですよ？　でもＵＦＯらしきものは何も……」

「言い訳はいいよ。そう簡単に撮れるもんじゃないってことくらい、こっちも分かってるんだから。でも、そこを何とかするのがプロでしょうよ」

「何とかって」

「……だからさあ。合成でもトリック撮影でも使えばいいって言ってるんだよ。それらしい写真を用意して、しれっと渡してくれればそれで良かったわけ」

口元に手を添えた下野瀬が抑えた声で告げる。それを聞いた瑛吉は「へっ？」と間抜けな声を漏らし、直後、大きく肩を落とした。

「インチキ前提ってことですか……？　だったらなんで依頼の時にそれを言ってくれなかったんです？」

「そんなの決まってるでしょ。事情を知ってたら、こっちも共犯になっちまうからだよ。でも、インチキって知らなかったら、うちは被害者ってことになるでしょうが。万一ネタがバレたって、スクープ写真掲載号と訂正記事を載せた号で二回売れる。『インチキカメラマンに騙されてしまってごめんなさい』ってね。これが商売ってもんだよ、見取君」

「なるほど……って、いやいや、それだと俺が悪者になるじゃないですか！」

瑛吉の声が大きくなる。うっかりインチキに手を染めなくて良かったと胸を撫で下ろした後、瑛吉は「と言うか」と冷ややかな目を下野瀬に向けた。

「そもそもの話、下野瀬さんはＵＦＯとか宇宙人って信じてるんですか？」

「信じてるわけないでしょ。好きな層が一定数いるから扱ってるだけ」

きっぱり言い切る下野瀬である。堂々とした断言に瑛吉が呆れつつも感心していると、下野瀬は椅子の背もたれに体重を預け、煤けた天井を見上げて続けた。

「何だかんだで人気あるからさ、その手の話題。この科学の時代、神様仏様は信じられないけど、でも宇宙人なら……って思っちゃうやつがいるんだろうね」

「宇宙人やUFOは宗教の代わりってことですか」

「そういう面は確実にあるでしょ。『心優しい万能の宇宙人が、選ばれた人間だけを迎えに来てくれる』なんて与太話もあるくらいだし。俺にしてみりゃ、何が『リンゴ送れシー』だ、って感じだけどね」

「リンゴ送れ……？　何です、それ」

意味不明な言葉に瑛吉が顔をしかめると、天井を見上げていた下野瀬は姿勢を戻して「知らないの？」と瑛吉を見返した。

「この業界じゃ結構有名な話だけどね。『リンゴ送れシー事件』ってのがあったんだよ。あれは――」

「間もなく天変地異が起こるが、善意の宇宙人が一部の人間だけをUFOに乗せて救済してくれる。そう信じてしまった人たちが、一九六〇年に起こした一連の出来事の総称ですね。救済対象者には『リンゴ送れシー』という電報が届くという噂とともに広まったため、そう呼ばれるようになったとか」

ふいに、聞き覚えのある優しげな声が下野瀬の解説に割り込んだ。瑛吉が反射的に振り向くと、いつからそこにいたのか、革製の鞄を提げた長髪の若者が一人、にこやかな微笑を湛えて立っていた。拝飛鳥である。

この編集部で初めて会った時と同じく洋装の飛鳥は、下野瀬に礼儀正しく挨拶した後、瑛吉に向き直って会釈した。

「瑛吉さんとは前回の取材以来ですね。ご無沙汰しています」

「こっちこそ……と言うほどご無沙汰でもないか」

瑛吉が頭を掻いて笑みを返すと、飛鳥は「ですね」と相槌を打った。解説を横取りされた下野瀬は腕を組み、やや不満げな声で話を戻した。

「大体、地球人をずっと見守ってて、無条件で助けてくれる宇宙人だなんて、そんな都合のいいものがいてたまるかって話だよ。この世界は弱肉強食か共存共栄が原則でしょうが。それに、人類をずっと監視してたってんなら、二十世紀になるまでＵＦＯが記録されなかったのも変だろうし。なあ拝君？」

「仰る通りですね。宇宙人に関する話題には、色々と不自然な点が多いとは僕も思います。それで編集長、先日お届けした次の企画ですが」

「ああ、あれね？　いいと思うよ。採用」

飛鳥の問いかけを下野瀬の即答が遮る。下野瀬はデスク上の書類の山からクリップで留められた企画案を引っ張り出し、「取材費や原稿料はいつも通りで」と言い足しながら、それを飛鳥に差し出した。受け取った飛鳥が「ありがとうございます」と頭を下げる。

興味を覚えた瑛吉がどんな企画なのか尋ねると、下野瀬が口を開こうとしたが、そこに編集部員の一人の声が割り込んだ。

「編集長、経理からお電話です」

「え、俺？　あいよ。回して。じゃあ拝君、そういうことでよろしく！」

デスクの上の黒電話の受話器を取り上げた下野瀬が、空いた手で通話口を押さえながら飛鳥に告げる。企画案を手にした飛鳥はにこやかにうなずき返し、傍らの瑛吉に向き直った。


編集部内の応接スペースが空いていたので、瑛吉は飛鳥とともにそこに移動し、企画の説明を聞くことにした。瑛吉が今回の取材対象を尋ねると、飛鳥はおかしそうに微笑んだ。

「期せずして、瑛吉さんが追っていたテーマと近いんですよ」

「近いってことは、宇宙人……？」

「ではなくて、天女です。空から舞い降りてくる人ならざる女性の総称ですね。宇宙人と天女では、歴史もジャンルも異なりますが、『空からやって来るもの』という意味では同じでしょう？」

飛鳥が提案した今回の取材先は、太平洋に浮かぶ打櫓島《うつろじま》という小島だった。そこには天女にまつわる伝説が残り、伝説にちなんだ祭礼が今も続けられているのだという。

「で、その祭りが来週なんです。なお、天女伝説といっても色々ありますが、最も一般的なのは、空から降りてきた天女の一人が地上の男に羽衣を隠されてしまい、その男の妻となる……という話ですね」

「その昔話は知ってるぞ。確か、天女は羽衣を取り戻して天に帰るんだよな」

「そうです。この類型は『天人女房譚』や『白鳥処女神話』などとも呼ばれ、古くは近江や常陸の『風土記』に記されています。加えて、古代インド、古代中国、アラビア、北欧などの神話にも似た話が見られ、ヨーロッパ、アジア、アフリカ、オセアニア、北米にも近い内容の伝承が残っています」

「そんなに？　ほぼ全世界じゃないか」

瑛吉が声をあげて驚くと、向かいの席の飛鳥はそうなんですよとうなずいた。

「僕も調べてみて驚きました。もっとも、よく似た話がこんなにも広範に残っている理由は謎なんですが」

「そこは分かってないんだ。ちなみに、今回の取材先の島にはどういう話が？」

「それも謎なんです。打櫓島に関する記録や文献はそもそも少なくて、ようやく見つけた戦前の民俗調査の記録にも、ただ、天女にまつわる伝説があるとしか書かれていなかったんです。なので現地で調べてみようかなと」

「はー、なるほど」

瑛吉は無責任な相槌を打ち、ローテーブルの上の手書きの企画案に目を落とした。

ここまでの話を聞く限りでは不思議なところは特にないが、前回の取材のことを思うと、今回もおそらく何かがあるに違いない。そう思った瑛吉がここを選んだ根拠を尋ねると、飛鳥は素直に答えてくれた。

「天女を祀る天神祭は夕方に行われ、浜辺の祭壇に捧げものをして立ち去るんですが、何と、その捧げものは夜のうちに消えてしまうそうなんです」

「へえ……！　って、まさかそれ、潮が満ちて海に流されるから消えたように見えるってオチじゃないよな」

「正直、その可能性が否定できないのが辛いところですね……。でも、祭りの夜にこの島を訪れた者は帰ってこないという話もあるそうで」

「……ああ。やっぱりそういう話もあるんだ」

「そうでなくては『本邦秘境紀行』になりませんからね。それで瑛吉さん」

ふいに飛鳥が姿勢を正し、改まった声を発した。それに釣られた瑛吉が背筋を伸ばすと、飛鳥は真剣な――それでいてどこか不安げな――面持ちを瑛吉に向け、おずおずと言葉を重ねた。

「可能であれば、今回も、瑛吉さんにカメラマンをお願いしたいのですが」

「はい？」

予想外の申し出に瑛吉の口から間抜けな声が漏れる。それを聞くなり、飛鳥ははっと息を呑み、残念そうに目を伏せた。

「……そうですか。やはり、難しいですか」

「え？　いやいや、違う違う！　逆だよ逆」

「逆……？　受けてくださるということですか？」

「それはもう」

瑛吉がきっぱりと首肯する。瑛吉が「と言うか、俺は最初からそのつもりで聞いてたんだけど」と付け足すと、飛鳥は細い目を見開き、勢いよく頭を下げた。

「ありがとうございます！」

「ど、どういたしまして……。てか、俺が断ると思ってたのか？」

「はい！　二回目の同行を引き受けてくれたカメラマンは、これまでいませんでした。ですから、おそらく今回も……と思っていたんですが――本当にありがとうございます！」

飛鳥の感謝の声は、狭い応接スペースのみならず、編集部内に響き渡った。オーバーな感謝に瑛吉が恐縮していると、飛鳥は顔を上げ、「でも」と続けた。

「どうして受けてくださったんです？」

「だって俺としても貴重な収入源だし……。少なくとも、ＵＦＯ撮るよりは稼げるからね。あと、東京では見られないものが見られて面白そうだから」

頭を掻いた瑛吉が苦笑交じりで答える。照れ隠しのような回答だったが、「面白そう」というのは真面目な本音だった。前回の五淵が村の取材は、確かに怖かったし命の危険も感じたけれど、同時に、おそろしく刺激的で新鮮だった。

特に撮りたいものもないボンヤリしたカメラマンが言うのも何だけれど、こいつの取材に同行すれば、また凄い光景が見られる気がする……と瑛吉は思っていた。

なお、瑛吉は、取材対象と同じか、あるいはそれ以上に、拝飛鳥という人間にも興味を覚えていたのだけれど、そのことはあえて言わないでおいた。飛鳥は基本的に気さくで話しやすい人物だが、誰かに自分のことを詮索されると即座に関係を切りそうな気がしていたからだ。

瑛吉の答えを聞いた飛鳥はあっさり納得し、三度、頭を下げた。

「何にせよ、勝手を分かってくれている方と組めるのはこちらとしても助かります。今回もよろしくお願いします」

「こちらこそ。で、行くと決まったら、念のために聞いておきたいんだけど……。今回もまた、ああいうのが出る感じか？」

「行ってみないと分かりませんね。それを調べに行くんですから」

瑛吉の小声での問いかけに飛鳥がにこやかに切り返す。それは確かにその通りだったので、瑛吉は「ごもっとも」とうなずくことしかできなかった。

＊＊＊

「そう言えば、さっきは角を立てたくないので言いませんでしたが」

編集部を出た二人が連れ立って雑居ビルの階段を下っていると、ふと、飛鳥が思い出したように口を開いた。

「編集長が、二十世紀になるまでＵＦＯが記録されなかったのは変だ、という話をしていたじゃないですか。でも、昔からああいう形のものが来ていたという話はあるにはあるんですよ。たとえば、『うつろ舟』だとか」

「うつろ舟？」

「空飛ぶ円盤のような形状をした奇妙な船です。一八〇三年に常陸《ひたち》の浜辺に流れ着いた話が有名で、知らない言葉を話す奇妙な女が乗っており、船ごと海に戻されたそうです。他にも加賀《かが》や越後《えちご》に流れ着いた記録がありますね。『うつろ舟』とは本来、中をくりぬいた形状の船のことで、退治した妖怪や罪人を入れて流すために使われたと言われていますが、一部の界隈では宇宙人やＵＦＯと絡めて語られていて、僕も一度、そういう記事を書いたことがあります」

「へえ……って、それ、船なんだから、飛んでないんだよな？　じゃあＵＦＯとはだいぶ違うような……。ＵＦＯは未確認飛行物体だろ」

「そこは大目に見ていただければ」

瑛吉の指摘を受けた飛鳥が肩をすくめて苦笑する。論理の甘さをあっさり認める飛鳥に瑛吉は呆れたが、ふと、あることに気が付いた。

「次の取材先の島って『打櫓島』だよな。名前、うつろ舟と似てるような」

「鋭い！　打櫓島の名は、島を囲む外洋が、櫓を打ち付けないと進めないほど荒れることから名付けられたそうですが、語源は後付けで作られることも多いですからね。本来の語源がうつろ舟だった可能性は捨てきれません。実を言うと、何もなくても、そこを強引にこじつければ記事になると思って選んだんです」

「計算高いことで……。まあ俺としては、何もない方が助かるけど」

そう言いながら、瑛吉は前回の取材のことを――五淵が村の十年祭や牛鬼、そしてミエのことを――思い返した。ミエは飛鳥が引き取ったのだが、あれ以来会っていないし、その後のことも聞いていない。ミエの身の上を案じつつ、瑛吉は飛鳥とともに階段を下り、雑居ビルを出た。

「飛鳥さーん！」

二人がビルを出た途端、明るい声が投げかけられた。思わず足を止めた瑛吉が声の方向に視線を向けると、ビルの入り口近くに髪の長い少女が立っていた。

ぱっちりとした大きな目が印象的な顔立ちで、年の頃は十三歳ほど、背丈は瑛吉の胸くらい。黒髪をゴムで縛り、清楚な襟付きワンピースを纏って、大きな買い物袋を提げている。健康的な笑みを浮かべる少女に、飛鳥は親しげな笑顔を向けた。

「やあ、恵美《めぐみ》さん。待っていてくれたのですか」

「はい！　お買い物が早く終わりましたので」

歩み寄って言葉を交わす二人を見て、瑛吉が最初に思ったのは「飛鳥の妹かな」ということだった。色白な肌や端整な顔立ちは似ていなくもないが、しかし、さん付けで呼び合う兄妹というのは珍しい。と言うかこの子、どこかで見たような……？

そう思った瑛吉が首を傾げると、「恵美」と呼ばれた少女は瑛吉に向き直り、ぺこりと深く一礼した。

「カメラマンさんも、お久しぶりです」

「え？　お久しぶりって、どこかで会った……あっ！　ミエちゃん⁉」

一瞬戸惑った後、瑛吉は大きな声をあげていた。

服装や髪型、何より纏っている雰囲気がまるで違っていたので気付かなかったが、この顔立ちは間違いなく、あのミエだ。驚いた瑛吉が「なんで？」と問うと、すっかり明るくなったミエは自慢げに買い物袋を掲げてみせた。

「大家さんに頼まれたお買い物の帰りです。飛鳥さんが、自分の用事は多分そんなにかからないから、一緒に帰ろうと言ってくださったので」

「なるほど……って、そうじゃなくて！　何で名前が変わってるんだ？」

「『美餌』は、生贄として与えられた、縁起の悪い名前でしたからね。『ミ』と『エ』の順序をひっくり返したんです。意味を反転させる一種の呪術ですね。加えて『餌』を『恵み』の字に置き換えました」

瑛吉の問いに答えたのは飛鳥だった。それを受け、「そうなんです」とかつて美餌だった少女――恵美がうなずく。

「だから、今は拝《おがみ》恵美です」

「そうなんだ……。ともかく、元気そうで安心したよ。俺は見取瑛吉……って、名前は知ってるか」

「はい！　あの時はお世話になりました。私、今は飛鳥さんの従姉妹《いとこ》ということにして、同じ下宿に住まわせていただいているんです。飛鳥さんには本当に、お世話になりっぱなしで……」

傍らの飛鳥をちらちらと見やりながら、恵美が近況を報告する。飛鳥に向けられる眼差しは眩しいほどに輝いており、恵美が飛鳥を尊敬し、深く感謝していることがよく分かる。その様子は微笑ましかったが、恵美の輝く眼差しが自分に向く気配が全くないことに、瑛吉はほんの少しだけ寂しくなった。

「でもまあ当然だよな……。助けたのは飛鳥だし、あの時の俺、何もしてないし」

「え。何か仰いました？」

「いいえ、何にも」

＊＊＊

その翌週、瑛吉と飛鳥は連れ立って取材に旅立った。

前回同様、夜行列車とバスを乗り継いで移動した二人は、昼頃に小さな港町に降り立った。二人が降りたバス停は、海岸に沿って延びる県道沿いにあり、目の前には灰色の砂浜が、そして広々とした太平洋が広がっている。

道路から海に目をやった瑛吉は、思わず息を呑んで立ち止まった。

太陽の高い時間帯ということもあってか、青緑色の海は、これでもかと言わんばかりに陽光をぎらぎらと照り返し、激しく、荒々しくうねっている。その眩しさと力強さ、そして叩きつけてくるような潮風に、瑛吉は大きく目を見張った。

東京にも海はあるが、ここは何もかもが違う。

感じ入った瑛吉が、リュックを下ろすのも忘れてカメラを構える。と、その隣に並んだ飛鳥がスッと海原を指差した。飛鳥は今回も着物姿で、前回と同じく、大きなトランクを提げている。

「ほら、見えますか？　あれが今回の取材先、打櫓島です」

細い指が指し示した先、波の向こうには、小さな島が見え隠れしていた。どれどれと瑛吉がカメラをズームしてみると、ボウルを伏せたような形の島がファインダーの中に浮かび上がった。

「丸いなあ」

「まるで子供が砂場で作る山のようですねえ。ところで、島への定期便は週に二回だけとのことだったので、漁業組合を通じて地元の漁船に送迎を頼んでおきました。さあ、行きましょう」


舫《もや》われた船が揺れる漁港には、短い白髪にねじり鉢巻きを締めた小柄な老人が待っていた。「地元の漁師の御崎野《みさきの》ってもんだ」と名乗った老人は、飛鳥が「取材のために無理をお願いしてしまい……」と詫びると、よしてくれと言いたげに首を左右に振った。

「いいってことよ。これも仕事のうちだ。貰うものは貰うし、それに、行き先もすぐそこだからな」

そう言って御崎野老人は腕を組み、波間に見え隠れする小さな打櫓島を見やった。東京人の感覚ではかなり遠くに思えるのだが、毎日海に出ている身からするとそうでもないのだろう。感覚の違いを感じつつ、瑛吉は「よろしくお願いします」と頭を下げた。おう、と御崎野老人が威勢よく応じ、傍らの漁船を指し示す。

「乗ってもらうのはこの船だ。年季の入ったボロ船だが、頑丈なやつだから安心してくんな。あとな、一つ言っておかなきゃいけないことがある」

「何です？　あっ、まさか船が出せなくなったとかですか……？　島の祭りの日には海に出てはいけないとか、そういう古いしきたりが——」

「はあ？　いや、そんなことはねえが……。昔話じゃねえんだぞ」

「あ、そうなんですね。失礼しました……。じゃあ何です？」

「あんたらの他にも一人、打櫓島に渡りたいってやつがいてな。何度も船を出すのは手間だからな、そいつを待ってから相乗りで——」

「すみませーん！　その船乗るよ！　乗りまーす！」

突然、御崎野老人の言葉を遮るように、大きなガラガラ声が響き渡った。

その声に三人が振り返ると、鼠色のシャツに裾の広いズボンという出で立ちの男が「待って待って」と繰り返しながら走ってくるところだった。

見たところの年齢は二十代後半、背丈は瑛吉より少し高いくらいで、頭陀袋を肩に掛けている。やけに身振り手振りの大きいその男は、三人の前で立ち止まり、ギョロッとした目を御崎野老人に向けた。

「あなたが船を出してくれる漁師さんですよね。電話でお願いしました、潮正次《うしおまさじ》ってもんです」

「おう。話は漁協から聞いてるよ。しかし、あんたも物好きだねえ。祭りとは言え、わざわざあんな辺鄙《へんぴ》な島に……」

「え？　ああ、それはほら……俺、ひなびた祭りとか大好きなんですよ！」

正次と名乗った男が空々しく笑ってみせる。あからさまなごまかし方に瑛吉が思わず眉をひそめると、正次は飛鳥と瑛吉に向き直って目を細めた。

「で、あんたらは何？　見たところ、流しの演歌歌手か落語家とお付き……？」

「あいにくですが歌手でも落語家でもないんですよ。僕は雑誌記者の拝と申します。こちらはカメラマンの見取瑛吉さん。打櫓島に行くのは取材のためです。どうぞよろしくお願いします」

飛鳥が丁寧に挨拶し、続いて瑛吉も会釈する。だが、それを聞いた正次はなぜか露骨に顔をしかめ、意味ありげな一言を漏らした。

「さてはライバルか」

瑛吉としては「ライバル」発言の意図を確かめたかったが、御崎野老人がそろそろ船を出すと言ったので、三人はおとなしく船に乗り込んだ。

古びた漁船は軽快なエンジン音を響かせ、島に向かって出港した。正次は波しぶきを浴びる舳先に立ち、手摺を摑んでまっすぐ島を睨んでいる。海から見た島の写真を撮っておこうと思った瑛吉がその隣に並ぶと、正次は島を見据えたまま告げた。

「負けねえからな」

「負けるって何にです……？　さっきはライバルだとか言ってましたけど、俺たちはただ祭りの取材に来ただけなんですが……。潮さんでしたっけ、そっちは何をしに」

「しらばっくれるんじゃねえ！　魂胆は分かってんだぞ？　どうせ、取材なんてのは表向きの名目で、一攫千金が目当てなんだろうが」

「一攫千金……？　いや、一体何の話をしてるんですか？」

本気で面食らった瑛吉は、カメラを下ろして顔をしかめた。瑛吉が打櫓島について知っていることと言えば、天女の伝説が残っていることと、それにちなんだ祭りがあることくらいだが、祭礼を見物したところで儲かるとは思えない。

飛鳥なら何か知っているかと振り返ってみたものの、海風を浴びていた飛鳥も首を左右に振るばかりだ。どうやら飛鳥も何も知らないらしい。そんな二人を見た正次は不審そうに眉根を寄せ、「本気で知らねえのか？」と訝しんだ。

「まあ、だったら好都合だ。こっちはこっちでやらせてもらうだけよ。……あ、聞かれても何も言わねえからな？　ライバルに塩を送るほど馬鹿じゃねえ」

　手摺を掴んだ正次が言い放ち、しっかりライバル認定されてしまった瑛吉と飛鳥は顔を見合わせて首を傾げる。船の持ち主である御崎野老人は、そんなやりとりを聞いているのかいないのか、ただ無言で舵を操っていたが、ふいに心配そうに三人の若者を見やり、誰にも聞こえないほどの微かな声をぼそりと漏らした。

「……今年は、何人帰ってくるやらなあ」

＊＊＊

　打櫓島は、小高いドーム状の山を中心に、帽子の鍔のように平地が広がる小さい島だった。島の直径は二キロ前後で、外周は七キロほど。ささやかな港のすぐ近くに、三、四十軒ほどの集落があり、その周囲には田畑や果樹園が広がっている。

　三人を港で下ろした御崎野老人は、明日の午後に迎えに来ると言い残して本土へ戻っていき、それを見送った飛鳥は「さて」と島の地図を取り出した。

「まず、天神祭の主催者である神社に行きましょうか。取材の許可も取らねばなりませんし」

「了解」

「いいね、そうしよう」

瑛吉に続いて正次がうなずく。さも同行者かのような空気を出してくる正次に、瑛吉は心底呆れた目線を向けた。

「俺たちはライバルじゃなかったんですか？」

「呉越同舟《ごえつどうしゅう》ってやつだよ。同じ船に乗った以上は一蓮托生《いちれんたくしょう》、持ちつ持たれつだろうが。こっちはこの島のことろくに知らねえんだから」

「勝手な……」

あまりにも調子のいい正次に瑛吉が呆れる。だが、飛鳥はまるで気にしていないようで「こっちですね」と神社に向かって歩き出した。


神社は集落の最奥部、半球型の山の麓《ふもと》に位置していた。

木製の鳥居には「鳥船神社」と記された扁額が掲げられ、境内には祭りの開催を告げるための幟が何本も立っている。

敷地内には小さな保育所が併設されていたが、今日は休みなのか子供は見当たらず、拝殿では、プロレスラーのように大柄な壮年の神主が一人、黙々と灯明を捧げていた。

神主の立派な体格やいかめしい髭面に瑛吉は気圧されて怯えたが、一同を代表して飛鳥が名乗ると、神主は嬉しそうに破顔した。

「ははあ、お祭りの見物にわざわざ東京から……！　それはまあ、ありがてえお話じゃのう。うちの島では昔から『来る者拒まず、去る者追わず』言うてな、見に来てもらえるのは大歓迎じゃ。小さな島の小さな祭りじゃが、ゆっくり見ていかれなせえ。ああ、申し遅れたのう。わしは真船剛介《まふねごうすけ》。当代の神主をやらせてもらっとります」

訛りのある口調で名乗った神主の真船がぺこりと一礼する。更に真船は、泊まるところがないなら保育所の集会室を使うといいと持ち掛けてくれた。瑛吉たちは野宿のつもりで寝袋を持参していたが、屋根と床があるところで寝られるのはありがたい。瑛吉と飛鳥は申し出を受け入れ、ちゃっかり正次もそれに乗っかった。

「よーし、寝床が確保できた！　となれば後は……。なあ、神主のおっちゃん。祭りは何時からどこでやるんだ？　この神社かい？」

「いんや、会場は南の浜辺じゃ。浜辺には天女様を祀った小さな祠があってのう、そこに臨時の祭壇が組まれとるから、行ってみればすぐ分かるわい。気の早い衆はもう集まっとろうが、祭りが始まるのはお日様が傾いてからじゃ」

「なるほどね。じゃあ俺はそれまで下見……もとい、島の見物でもさせてもらうぜ。じゃあな、あばよ！　ライバルの諸君！」

そう言うと正次は飛鳥たちに手を振り、そそくさと神社から立ち去った。取り残された飛鳥と瑛吉に、真船が怪訝な顔を向ける。

「ライバルっつうのは何じゃ？　あの若いのは、記者さん方の連れではないのか」

「いえ、船に乗り合わせただけです。僕たちも、彼のことはよく分からなくて」

「はあ、そうじゃったか……。まあ、色んなお客人が来なさって賑やかになった方が、天女様も喜ばれるわい。で、今言うたように祭りまではまだしばらくあるが、あんたがたはどうなさる？」

「差し支えなければ、この鳥船神社のことを少し伺ってもいいですか？　来歴や由来、祭神などについて」

いつの間にか手帳とペンを取り出していた飛鳥が、境内や拝殿を見回して問いかける。取材が始まるらしいと気付いた瑛吉が慌ててカメラを構えると、真船は「難しいことを聞くのう」と苦笑した。

「来歴と言われても、この神社に大した歴史はねえ。せいぜい百年ばかりじゃ」

「百年？　随分新しいんですね」

「ああ。ほれ、明治の初めに、国の宗教が神道ってことになったじゃろ？　それに合わせて神社になったと聞いとる」

「ということは、それ以前は仏教寺院だった……？　江戸時代は寺院が一種の行政機関として戸籍を管理していたわけですから」

「おう。寺だった時代も、宗派はその時々で変わっとる。要するにここは、その時々の流行の宗教に適当に合わせて、外面を変え続けてきたわけじゃな」

朗らかな表情で抜け抜けと語る真船である。そんないい加減な宗教施設があるのかと瑛吉は呆れ、今回の取材は空振りなのではないかと危惧したが、それを聞いた飛鳥は失望するどころか、興味深そうに目を細めた。

「なるほど……。それはつまり、ここには、施設の性格を変えてでも守りたい何かが、一貫して存在していたということですか？　この島に根付いた土着の宗教——言い換えれば、島民の方たちの心のよりどころのようなものが……」

「ほう！　お前さん、なかなか鋭いのう。その通りじゃ。さすが東京の記者さんじゃわい。で、それだけ勘がいいなら、ここに根付いているものが何なのかも、もう気付いとるんと違うかな？」

「おそらくは……島に伝わる天女伝説」

飛鳥が神妙な顔でそう言うと、真船は嬉しそうにうなずいた。正解のようだ。

だが、飛鳥が続けて「では、ここに伝わっている天女伝説はどういう内容なのです？　本土の文献には具体的な中身が載っていなかったもので」と問いかけると、真船はそれに答える代わりに、いたずらっぽく笑ってみせた。

「それは、今日の祭りの神楽を見れば分かるわい」

＊＊＊

この後、真船は祭りの支度があるとのことだったので、飛鳥と瑛吉は今夜の宿である保育所に荷物を下ろし、祭りの時間まで島を見て回ることにした。

山の麓の神社から海岸にかけて広がる集落は、小さな共同体ながらも、学校や病院や商店など、生活に必要な施設は一通り揃っているようだった。商店前のベンチでは、麦わら帽子に野良着姿の中高年が数人、煙草をくゆらせながら雑談していた。

「おや。島では見ん顔やなあ。どこから来はった？」

島民の一人が通りかかった飛鳥たちに声を掛ける。足を止めた飛鳥が祭りの取材だと告げると、島民たちは目を丸くして驚き、顔を見合わせて笑った。

「おらが島にも取材が来るようになったか」

「そりゃあ物好きなこって」

「何もない島だがよ、ゆっくりしていってちょうよ」

ベンチに腰かけた一同が飛鳥たちに笑いかける。カメラを下げた瑛吉は、皆いい顔で笑うな、と感心し、同時に、それぞれの訛りが違うことに気付いた。

神主の真船も方言を話していたが、あれともまた違うようだ。飛鳥も同じことが気になったようで、穏やかな口調で問いかけた。

「先ほど神主さんにもご挨拶させていただいたのですが、皆さん、お国言葉が違うのですね」

「ああ、訛りのことけえ。この島は、色んなところの人がおるけえのう」

「せやせや。ここで生まれ育ったもんは半分くらいで、あとは、よそから流れてきた連中やさかいな」

「打櫓島は、昔から、来るもの拒まず、去る者追わず、でな。流れてくるもんも多いんじゃ。何せここは、天候も海流もちょうどいい、暮らし良い島じゃからな」

島民たちはそう言ってうなずき合い、そして、この打櫓島がいかに暮らしやすい島であるかを口々に語った。

曰く、ここは気候が安定しており、台風の被害もほとんどなければ、大雪が降ることもない。豊富な湧水があるため、平地では米や野菜や鶏がすくすくと育ち、島の中央の山は果樹園や茶畑として活用されている。また、外洋こそ波が激しいが、島の周辺の海は比較的穏やかで、幅広い海の幸が一年中手に入るため、食料はほぼ自給自足で賄える。本土の都会に比べると刺激は少なく、それを嫌って出て行く若者も多いが、身を粉にして働かなくとも充分食べていける暮らしがこの島には存在しており、あくせく働く生活に疲れた身にはちょうどいい……。

「この山のてっぺんには小さい灯台があってのう。昔は篝火を燃やしとったそうじゃが、今は電気で光っとる。夕方になると灯るんじゃ」

「野良仕事を終えて帰る時にあれを見ると、今日も無事に終わったなあと思えましてなあ。ほっと落ちつくんですわ」

「なるほど……。いいですね、そういう生活も」

老いた島民たちのしみじみとした語りに、瑛吉は深く同意した。

騒々しい東京で、目先の生活費を稼ぎながらどうにか生きている瑛吉にとって、ささやかながら落ち着いた日常に憧れる気持ちは確実にある。

一方、飛鳥は、別のことが気になったようで、元々細い目をいっそう細め、島の中央にそびえる丸い山を見上げた。

「あの山、果樹園や茶畑に使われているとのことですが……大きな木は見当たりませんよね。いずれの木も小さいと思いませんか、瑛吉さん」

「言われてみればそうだけど……どうかしたのか？」

「樹木が幹を伸ばすためには深く根を張る必要があります。おそらく山の地下に、根を張れない理由が――堅牢な何かが存在しているんです。それに、山のあの半球型の形状は人工的にも見える……。もしかしてこの山は、大きな古墳なのでは？」

「古墳？　昔のお墓ってこと？　だとしたら大きすぎないか？」

「大阪の仁徳天皇陵の長さは約五百メートルですよ。それと比べれば現実的なサイズです。山の地下に調査が入ったことはないか、どなたかご存じありませんか？」

飛鳥が島民たちに問いかける。予想外の質問だったのだろう、ベンチに集まってい た面々はお互いに顔を見合わせ、ややあって、最年長と思われる女性がゆっくりと首を横に振った。

「古墳だの何だの、難しい話はよぐ分がんねえが……おらはこの島で生まれて八十年だが、おらの知る限り、お山に調査なんぞが入ったことは一度もねえだ。まあ、本土の先生は、こんな辺鄙で小さい島には興味がねえんだろうなあ」

女性がそう言うと、島民たちは「違えねえ」と声をあげて笑った。

＊＊＊

やがて日が傾いてきたので、飛鳥と瑛吉は、祭りの会場である浜辺に足を運んだ。目の粗い黒い砂が広がる浜辺には、海を背にして簡素な舞台が設置されていた。客席代わりのゴザや長椅子には、既に幅広い世代の島民が集まっており、その中には、先ほど商店の前で話を聞いた面々や、正次の姿もあった。

縁日や屋台こそ出ていなかったが、客席のあちこちに、煮しめや焼き鳥や刺身、稲荷寿司や巻き寿司などが入った大皿が置かれていた。一升瓶やビール瓶なども自由に飲めるように置かれており、既に酒が回っている者も多い。

陽気な声が飛び交う和やかな風景に、「盛り上がっていますねえ」と飛鳥が微笑み、瑛吉はシャッターを切りつつ「確かに」と同意した。

神社の祭事というより村芝居のようなのどかさと賑やかさは、前回の取材の時に体験した厳粛な雰囲気とは正反対だ。今回は平和な取材になりそうだと安堵した瑛吉は、稲荷寿司や焼き鳥をつまみ、客席の最後部に、飛鳥や正次と並んで腰を下ろした。

ほどなくして舞台袖から太鼓の音が響き、天神祭が始まった。

まずは神主の真船が短い祝詞を捧げ、それに続いて、メインイベントである神楽が始まる。篝火の照らす舞台上に最初の演者が踊り出てきた途端、瑛吉はカメラを構えたまま面食らった。

「え」

戸惑う声が自然と漏れる。

舞台に現れた人物は――羽衣状の衣装を見る限り、おそらく天女なのだろうが――その顔を木製の武骨な仮面で完全に覆っていたのだ。

卵形の仮面は首から上をすっぽり隠す形状で、表面は磨かれた木目が剝き出しになっており、目鼻立ちや装飾どころか、点状の覗き穴以外の凹凸が全く存在していない。まるでフルフェイス型のヘルメットだ、と瑛吉は思った。

舞台上では、顔を隠した天女らしき人物が笛や太鼓に合わせて軽快に舞っている。続いて仲間の天女や、その踊りを目撃する地上人たちも現れたが、いずれものっぺりとした無地の仮面を被っていた。

島民たちが陽気な手拍子で合わせているところを見ると、この島においてはこれがいつもの祭りの神楽なのだろうが、余所者にとってはかなり異様だ。退屈そうに振舞い酒を飲んでいた正次も驚いたようで、気味悪そうに眉をひそめた。

「何だ、こりゃ……？」

「仮面を被った神楽はありふれていますが……これはなかなか珍しいですね」

「だよな。仮面って、何かになりきるために被るものだろ？　なのに無地なんて……。それに、普通の面は顔面だけを隠すものなのに、あんな、のっぺらぼうのヘルメットみたいな形も珍しいし」

シャッターを切りながら瑛吉がこぼすと、飛鳥は興味深そうに舞台を見つめながら「確かに」とうなずき、言葉を重ねた。

「もっとも、今でこそ、面というと顔の前面だけを覆う形式が一般的ですが、飛鳥時代に日本に伝わった最初の面である伎楽面は顔を後頭部まですっぽり覆う形式のものでした。この神楽は、その流れを汲んだものなのでしょう」

「つまり、この神楽、飛鳥時代から続いてるってことか……？」

「あくまで可能性の話です。そもそも伎楽の面には、立派な装飾も凹凸も表情もありますから……いや、待てよ。かつては目鼻立ちが彫られていた面が、年月を重ねるうちに摩耗し劣化して無地になり、その形が定型として根付いたのかも……？」

取材用のペンを顎に当てたまま飛鳥が考え込み、その間にも舞台上の神楽は進んでいった。

演者は一切言葉を発さず、音楽と身振り手振りだけで進む形式だったが、単純な筋書きだったので、初見の瑛吉でも神楽の内容は理解できた。

舞台で演じられているのは、ある天女にまつわる伝説だった。

地上に舞い降りて遊んでいた天女のうちの一人が、空を飛ぶための羽衣を失い、天に帰れなくなってしまう。地上に取り残された天女は、天に帰ろうとして石を積むが、いくら積んでも天には届かない。嘆き悲しむ天女は、優しい地上人たちに慰められ、彼らの守り神となる……という内容だ。

「確かに天女の伝説だけど、俺の知ってる昔話とはだいぶ違うな。俺の知ってる話だと、天女は羽衣を取り返して天に帰るのに」

「これは帰れないまま終わるわけですからね。石を積むくだりは、『常陸国風土記』にある話に似ていなくもないですが……」

興味深そうに舞台を見据えながら飛鳥が言う。「それってどういう話だ？」と瑛吉は尋ねようとしたが、それより早く飛鳥は言葉を重ねていた。

「日本最古の天女伝説とも言われる物語です。ここでは、毎日地上に舞い降りる白い鳥が、人に姿を変え、石や土を積んで堤《つつみ》を作るんです。ですが堤は結局完成せず、いつしか白い鳥——天人もやって来なくなった」

「なるほど……。似てると言えば似てるけど」

「言いたいことは分かりますよ。天から来なくなるのと、天に戻れなくなるのでは正反対ですからね。伎楽形式の面を使っているあたり、この神楽が演じているのは相当古い話なのでしょうが、いつからここに伝わっていたのやら……。しかしこれは、僕の連載記事なんかより、学術的な調査で取り上げるべき話題ですよね」

腕を組んだ飛鳥が苦笑する。一方、正次はその手の話題には興味がないのだろう、退屈そうに酒を舐めていたが、やがて神楽が終わり、舞台前に供物を並べた台が運ばれて来ると、身を乗り出して目を輝かせた。

「待ってました！」

正次が目を見張った理由は瑛吉にも理解できた。

簡素な三方の上に供物として並んでいるのは、金細工の短剣や、翡翠《ひすい》や瑪瑙《めのう》と思しき宝石類など、高価そうな品物ばかりだったのだ。

島民たちが特に騒がないところを見ると、これもまた島では当たり前の光景なのだろうが、お膳にお神酒くらいのものを想定していた瑛吉は驚き、飛鳥も「ほう……」と声を漏らして目を細めた。その傍らで、正次が感極まった声を漏らす。

「あの捧げものの値打ち、間違いなく百万は超えてるぞ……！　やっぱり、ここはただのひなびた島なんかじゃねえ。島のやつらは、資産を隠し持ってるんだ」

「資産って……と言うか、あんなもの一体どこから」

「知らねえよ。本土で買ってきたのか、それとも島の地下に金づるの鉱脈でもあるんだろうよ。それより大事なことは、安っぽい神社の安っぽい祭りには不釣り合いなお宝が、今、すぐそこに並んでるってことだ」

血走った目で供物台を見据えたまま正次がつぶやく。それを見た瑛吉は、正次がこの日、この島にやって来た理由をようやく察した。

＊＊＊

その後、神主の真船は、仮面の演者たちが見守る中、供物を並べた三方を波打ち際にそっと置き、振り返って声を発した。

「あー、ご苦労さん。今年の天神祭もこれで終わりじゃ。島の衆はよう知っとるじゃろうが、明日の朝までこの海岸はご神域、天女様の領域じゃから、誰も立ち入ってはならねえぞ？　わしから言うことはそれだけじゃ。余った飯や酒は、各自適当に持って帰ってくれ。そんじゃ」

何とも緊張感のない挨拶が響き、篝火が消されると、演者や島民たちはお互いに声を交わしながら、三々五々、退散していった。

神楽の間に日は沈み切っており、山上の灯台が夜空に光を投げかけている。この後、神主は島民たちと寄合という名の宴会があるとのことだったので、瑛吉と飛鳥、それに正次の三人は、今夜の宿泊場所である神社脇の保育所に戻り、貰ってきた寿司や煮物で夕食を済ませた。

やがて正次は「便所」とだけ言って部屋を出て行き、やることもなくなった瑛吉は、何とはなしに飛鳥に目をやった。壁にもたれて今日の取材メモを見返す飛鳥に、瑛吉がおずおず近づいて声を掛ける。

「……あの、つかぬことを聞くけども」

「何です、改まって？」

「今夜はもう出る予定はないのか……？　ほら、前回みたいに」

先の五淵が村の取材では、外出禁止と言い渡されていたにもかかわらず、飛鳥は夜になる度に外出していた。ということは今回も……と瑛吉は思い込んでいたのだが、飛鳥の答えは予想外のものだった。

「出ませんよ。今夜の取材はもう充分です」

「え。そうなのか？　てっきり、立ち入り禁止の海岸に忍び込むものかと」

「行ってみたところで特に得るものはなさそうですからね。民俗学的には興味深い祭礼なんでしょうが、僕としては外れです」

「外れ？　それ、牛鬼を見た時も言ってたよな。……あのさ、飛鳥。気になってたんだけど――」

飛鳥は何を探しているんだ。飛鳥にとっての当たりって何なんだ？

瑛吉はそう尋ねようとしたのだが、飛鳥はすかさず「そんなことを言いましたっけ」とはぐらかし、するりと話題を変えてしまった。

「にしてもあの方、なかなか戻ってきませんね」

飛鳥が正次が出て行った木戸に目をやって言う。どうやら「外れ」の件については掘り下げられたくないようだ。そう察した瑛吉は「確かに」と相槌を打ち、開け放されたままの戸から廊下を覗いてみた。

当然ながら夜の保育所の廊下は真っ暗だ。目を凝らした瑛吉は、廊下の突き当たりのトイレも暗いことに気が付いた。

「電気が点いてない……？　あいつ、トイレ行ったんじゃないのか」

「暗くないと用を足せない方なのでは？　世の中には色んな方がいますから」

「そんなやついるか？　大体、知ってる場所ならともかく初めて来た保育所だぞ」

「冗談です。正次さんは、こっそり外に出られたんでしょうね」

瑛吉の隣に並んで暗い廊下を見やりながら飛鳥が言う。瑛吉は「何で」と問い返そうとしたが、質問を口にするより先にはっと気付いた。

「あいつ、もしかして海岸に……！」

「でしょうね。おそらく彼の目当ては波打ち際に捧げられた供物です。あれが波にさらわれる前に回収しようという腹積もりなのでは？」

「だよなあ」

煌びやかな供物を見た時の正次の反応を思い出しつつ瑛吉はうなずき、次いで、神主の言葉を回想した。

「でも、あの海岸は朝まで神域だから立ち入り禁止だろ」

「あえて禁忌を犯す自由は誰にでもあると僕は思いますよ。ただ、島のような狭いコミュニティでは、余所者はひと括りにされがちですから……。彼の所業が発覚したら、気付いていて止めなかった僕らも連帯責任ということになりかねませんね」

「な、なるほど……。ってことは、止めに行った方が良くないか？」

「同感です。あ、念のためカメラとストロボの準備をお願いしますね」

どことなくうきうきした顔で飛鳥が言う。やはりこうなるのかと思いながら、瑛吉はげんなりと肩を落とし、「了解」と小声でうなずいた。

＊＊＊

夜更けの浜辺は、夕方の祭りの時とは打って変わって静かで、そして暗かった。暗闇の中に波音だけが繰り返して響いていたが、その中に微かに人の息遣いが交じっている。気配を察した飛鳥が波打ち際に懐中電灯を向けると、光の中に浮かび上がったのは、黒いシャツを羽織った正次の姿だった。

どこに隠し持っていたのか、黒いキャップと手袋を身に着けており、腰に巻いた大きなウエストポーチからは、三方に並んでいたはずの供物が覗いている。

「お前ら……！」

照らされた正次が息を呑んで静止する。だが、飛鳥の隣の瑛吉がつい「やっぱり……」とつぶやくと、正次は開き直ったように声をあげた。

「悪いか！　何のためにこんな田舎の島まで来たと思ってやがる！　この島の祭りでは結構な値打ち物が並べられて、それは全部夜の間に波にさらわれちまう……。そんな話を聞いちまったら、いただかねえ手はねえだろうが。こっちはな、ずっとこれで

泥棒か」

「これで食ってる？　さてはあんた、泥棒か」

「だったら何だ」

瑛吉に問いかけられた正次は顔をしかめて開き直り、ぱんぱんに膨らんだウエストポーチを軽く叩いて自嘲した。

「俺だって、好きでこんな稼業を続けてるわけじゃねえ。でもな、今の世の中、のっぴきならない事情で手を汚しちまったが最後、真っ当な道に戻ろうとしても、ずっと前科が付いて回りやがる。結局俺にはこれしかねえんだ！　とは言え、ちまちました空き巣狙いじゃ食い繋ぐのが精一杯だ。どうせなら無難にドカンと稼ぎたいと思ってたところに、この島の祭りの話を聞いてよ。これはもう行くしかねえだろ？」

「いや、『だろ？』って言われても」

「善人ぶるんじゃねえよ。一攫千金を夢見ない馬鹿がどこにいる？　お前らだって仕事で来たんだろ？　要するに金が要るんだろ？」

「それとこれとは話が……」

「まだるっこしいやつだなあ……！　ああもう、うだうだやってる暇はねえ。島の連中に見つかったら元も子もねえからな。三分の一でどうだ？」

そう言いながら正次は左手の指を三本立て、うち二本の指を折った。瑛吉は「三分の一？」と困惑したが、すぐに意図を察して顔をしかめた。

「俺たちを買収するつもりか？　乗れるわけないだろ、そんな話！　なあ――」

傍らの飛鳥に同意を求めようとした瑛吉は、飛鳥の様子がおかしいことに気が付いた。懐中電灯で正次を照らし続けてはいるものの、その視線は正次ではなく四方の暗闇に向いており、額には冷や汗が浮いている。

「どうしたんだ、飛鳥」

「最初は気のせいかと思っていたのですが……この気配、間違いありません。完全に囲まれましたね」

飛鳥がきっぱりと言い切ったその直後、三人を囲む暗がりの中から、無数の人影がぬっと姿を現した。

全員が、夕方の神楽で使われていたのと同じ、卵形の無地の仮面で顔を隠しており、ゆったりとした灰色の着物を纏って、長い棒を携えている。無言のまま棒を構える仮面の一団に、瑛吉は面食らい、正次は「嘘だろ！」と叫んだ。

「どこから湧いて出やがった!?　この浜辺には、隠れる場所なんか……」

「この島はわしらの庭みたいなものじゃからな。お客人には分からんわい」

仮面の一人がしわがれた声を響かせる。確かに聞き覚えのある声に、飛鳥が軽く眉根を寄せた。

「……そのお声、神主の真船さんですね」

「さあてな？　今のわしは見ての通り、目も鼻もないのっぺらぼうじゃわい。これを被ってる間はな、わしらは誰でもないんじゃ。そういうことになっとる」

神主の真船――自称、誰でもないのっぺらぼうはそう言って大きく嘆息し、凄みのある声を響かせた。

「ここは天女様のご神域だから入っちゃなんねえと言うたのに……。お前さん方、禁を破りよったな」

「へ？　いやあの、違うんです！　俺たちはこいつが供物を盗むんじゃないかと」

「あっ、てめえ！　罪を押し付けてんじゃねえぞ！」

「黙らんかい。第一、天女様はそんな事情は気になさらん。どんな理由があれ、ご神域に入った時点で同罪じゃ」

そう言って真船が軽く棒を振ると、仮面の一団は無言のまま包囲を狭めた。瑛吉たちを捕まえるつもりのようだ。取り囲まれた正次は「ふざけんな！」と叫び、尻ポケットから折り畳み式のナイフを取り出した。

「そこをどけ！　おかしなお面で脅そうったって無駄だぞ！　こちとら場数は踏んでるんだ、怪我したって知らねえ――ぐわっ！」

正次の恫喝が途切れ、短い悲鳴が浜辺に響いた。仮面の一人が凄まじい速さで踏み込み、正次の手首を棒で打ったのだ。正次がナイフを取り落とし、その瞬間、流れるような動きで数人の仮面が飛び掛かって正次を無造作に組み伏せる。無駄のない連携と容赦のなさに瑛吉はぞっと青ざめた。

飛鳥の取材に同行すれば、東京では見られない新鮮で刺激的な光景がまた見られるかもしれない。

今回の仕事を受けた時に抱いた期待を、瑛吉はふと思い出した。あの予測は当たっていたようだけれど、と瑛吉の胸中に声が響く。

「こういうのを待ってたわけじゃないんだよ……！　任せた、飛鳥！」

胸に下げたカメラを抱え、瑛吉は飛鳥の後ろに隠れた。荒事には縁遠い優男に見える飛鳥だが、その実、奇妙な術を使いこなし、巨大な妖怪を一瞬で消し飛ばす力の持ち主であることを瑛吉は知っている。

こいつなら何とかしてくれるはず……と、瑛吉はそう期待したのだが、飛鳥は予想外の行動に出た。あっさりと両手を上げ、「降参します」と宣言したのだ。

「すみません、僕たちの負けです。煮るなり焼くなり、お好きなように」

「……ほう。存外、物分かりがいいのう」

「え？　飛鳥？　何で？」

「多勢に無勢ですし、そもそも悪いのはこっちですからね。訴えられたら負けですよ。

というわけで、瑛吉さんも腹を括ってください。さあ」

万歳の姿勢を取ったまま、飛鳥が瑛吉に投降を促す。その顔には何かを期待するかのような笑みがうっすらと、しかし確かに浮かんでおり、瑛吉はようやく飛鳥の意図を悟った。

「……もしかして飛鳥、『面白くなってきた』とか、『このまま捕まった方がいい記事が書けそう』とか思ってるだろ」

おずおずと両手を上げながら瑛吉が問いかける。じろりと見つめられた飛鳥は、屈託のない笑みを浮かべたまま、「そんなことありませんよ」と抜け抜けと答えた。

＊＊＊

真船を中心とした仮面の一団は、正次が奪った供物を回収した後、神域を侵した三人を連れて、島の中央にそびえる山の麓の茶畑へ向かった。

昼間に島を見て回った時には気付かなかったが、茶畑の奥には木戸で入り口を封じられた洞窟があり、三人はその中へと連行された。

洞窟の直径は二メートル強で、島の中央、つまり山の地下へ向かってまっすぐ延びており、床には石畳が敷かれ、壁や天井も石壁で補強されている。その光景を目の当たりにした飛鳥は、仮面の一団に囲まれて歩きながら感嘆の声を漏らした。

「これは、遺跡……？　しかも相当古いですよ。少なくとも数百年の歴史がある……！　瑛吉さん、できれば写真を」

「今は無理……！」

抑えた声を瑛吉が漏らす。拘束されているわけでも荷物や機材を奪われたわけでもないので、写真を撮れなくはないのだが、島民たちを刺激したくない。

というわけで、そのまましばらく――瑛吉の体感では百メートルほど――黙々と歩くと、石造りの壁が道を塞いでいた。壁の手前に設けられた棚には、卵のような仮面がいくつも並んでいる。正面の壁は古代遺跡の扉のようにも見え、その向こうに何があるのか瑛吉は気になったが、聞ける雰囲気ではなかった。

「ここで止まれ」

懐中電灯を携えて先導していた真船が指示を出し、一同は揃って足を止めた。正次が忌々しそうに口を開く。

「ここが目的地ってことか」

「そのようですね。しかし、山の地下にこんな場所があったとは……！」

飛鳥が興味深げにあたりを見回す。その気楽さに瑛吉は呆れ、仮面の一団に問いかけた。

「あの、ここは一体……？　と言うか、俺たちはどうなるんです……？」

「安心せい。別に、取って食うようなことはせんわい」

真船が明るく笑う。安心させようとしているのだろうが、卵のような仮面を被ったままなので不気味なことこの上ない。瑛吉は「はあ……」と弱々しい相槌を打ち、棚に並んだ仮面と、真船たちが被っている仮面を見比べた。

目も鼻もないのっぺりとしたデザインこそ共通しているが、真船たちの仮面が木製で、小さな覗き穴があるのに対し、棚に並んでいるものは、陶器か金属なのか、すべすべとした奇妙な素材で作られており、覗き穴も見当たらない。飛鳥も棚の仮面に興味を抱いたようで、訝しむような声を発した。

「棚にある仮面と皆さんのものはよく似ていますね」

「そりゃそうじゃ。真似て作ったのじゃからな。もっとも、わしらのは、形を似せただけの模造品。このご神域にあるのが本物じゃ」

「本物……？　つまりオリジナル？　何に使うものなのです？」

「腹の据わったお客人じゃなあ。まあ、そう急くな。すぐに分かる」

そう言うと真船は棚の仮面の一つを手に取り、無造作に飛鳥にそれを被せた。

さすがに飛鳥も驚いたのだろう、「えっ」と唸ったが、その声はすぐに途切れてしまい、だらりと手足から力が抜ける。そのまま床にへたり込む飛鳥を見て、瑛吉と正次は息を呑んだ。

「あ、飛鳥……！」

「何だ？　何の手品だ？　お前ら何を……」

「そう騒ぐんじゃねえ。ここは本当のご神域、天女様のお膝元じゃぞ」

真船の落ち着いた声が石造りの洞窟に響く。気が付けば瑛吉と正次は仮面の島民に羽交い締めにされていた。動けない二人の前で、真船は棚に置かれた仮面を二つ手に取る。

「いい夢を見い」

にこやかな声とともに真船が二人に仮面を被せる。すべすべとした奇妙な仮面を被せられた瞬間、瑛吉の視界は暗転し、記憶が途切れた。

＊＊＊

気が付くと、瑛吉は布団の中で横たわっていた。

もう夜が明けているようで、窓からは明るい光が差し込んでいる。徐々に意識が覚醒していくのを感じながら瑛吉がゆっくり上体を起こすと、知っている声が耳に届いた。

「目が覚めましたか」

「え？　あ、飛鳥……！　それに――」

瑛吉が顔を向けた先では、飛鳥が水差しの水をコップに注いで飲んでいた。その向こうでは、正次が敷かれた布団の上にあぐらをかき、神妙な顔で黙り込んでいる。飛鳥は瑛吉にも水を差し出し、「私物は何も取られていません」と微笑んだ。

コップを受け取った瑛吉は水を飲み干し、改めて自分たちのいる部屋を見回した。八畳ほどの広さの和室で、カメラを始めとする私物は部屋の隅に固められている。

「ここは……？」

「窓から見える風景からすると、鳥船神社の社務所のようです。もっとも、僕と正次さんも、つい先ほど目覚めたばかりですからね。昨夜のあの後、何があってここにいるのか、事情はさっぱり分かっていませんが。瑛吉さんは覚えていますか？」

「え？　そうか、俺たちは洞窟で変な仮面を被せられて――駄目だ、そこから何も思い出せない。何か、変な夢を見ていた気はするんだけど……」

布団の上に座り込んだまま瑛吉がつぶやくと、飛鳥は「僕と同じですか」と苦笑し、正次へと向き直った。

「正次さんは何か覚えていますか？」

飛鳥がにこやかに問いかけたが、正次はうつむいたまま何も答えようとしない。その横顔は青ざめており、目だけがぎらぎらと血走っていた。

　明らかに様子がおかしい正次を前に、瑛吉と飛鳥は顔を見合わせたが、その時、障子戸が引き開けられ、野太い声が響いた。

「おお、皆起きたな。体の調子はどうじゃ？」

　気さくな挨拶とともに入室してきたのは神主の真船だった。あの奇妙な仮面は被っておらず、着ているのも簡素な野良着だ。

　と、その姿を見るなり、ずっと黙っていた正次が弾かれたように動いた。

「すみませんでした！　人様のものを盗んで楽な暮らしをしようだなんて……昨日までの俺は、どうしようもない馬鹿でした……！」

　真船の足元に駆け寄った正次が畳に額を擦りつけて詫びる。いきなりの謝罪に瑛吉は面食らったが、真船は驚く様子も見せず、しゃがみこんで正次に語りかけた。

「随分な変わりようじゃのう。何か、心変わりのきっかけがあったのか？」

「はい！　俺、夢を見たんです……！　盗みで一攫千金だなんてくだらない、それよりも、つつましやかに、平穏に生きていくことこそが、何よりも幸せなんだって気付かされるような夢を……！　それで……あの、勝手なお願いですが、俺をこの島に住まわせてもらえませんでしょうか……！」

　ひれ伏した姿勢のまま正次が懇願する。どうやら一晩の間に価値観が完全に逆転してしまったらしい。あまりの変わりように瑛吉は驚いたが、真船は慈愛に満ちた表情でうなずき、目を丸くしている瑛吉と飛鳥に問いかけた。

「時に、あんたらは何か夢を見なすったか？」

「え？　いや、俺は……。何か見たような気もしますが、覚えてなくて」

「僕も右に同じです。それが何か？」

「いんや。つうことは、今回の適合者は、一人か」

真船は意味ありげな独り言を漏らし、がっしりした手を正次の肩に置いた。

「頭を上げえ。もうお前さんは、この島の一員じゃ」

「え？　い、いいんですか……？」

「引っ越す自由は誰にでもある。わしらがどうこう言えることではねえ」

「あ、ありがとうございます……！　ですが、俺、まともに働いたこともなくって……。この島でやっていけるでしょうか？」

「そりゃあ大丈夫じゃ！　何せ、わしも同じようなもんじゃからなあ。もう二十年も昔の話じゃが、わしは、兵隊崩れの盗っ人だったんじゃ。それこそ、昨夜のお前さんと同じような腹積もりでこの島に来て……それで、色々あって、今は神主をやっとる。今は景気がええから来る人も少ないが、昔は多くてのう。戦後すぐは入れ食い状態じゃったぞ？」

わっはっはと豪快に笑う真船である。堂々とした告白に、正次と瑛吉は揃ってぽかんと口を開け、同時に飛鳥が大きく息を呑んだ。

そうか、と飛鳥が漏らした声が和室に響く。

「あの不自然な供物は――潮にさらわれる前に盗みに来いと言わんばかりの供物は――欲の皮の張った人間を誘い出すための餌なんですね……！　本土にその噂を流しておいて、それに誘われてきた者を捕まえて、仮面を被せるのが目的で、あの洞窟の仮面はいわば、適性検査のための装置……！」

普段以上に目を細めた飛鳥が神妙な顔で口早に告げる。瑛吉が「適性検査って」と問うと、飛鳥は真船を見据えたまま続けた。

「刺激はないけれどささやかで平穏な、自給自足の島の暮らし……。そういう生活スタイルに適性のある人間は、仮面によって価値観が一転し、島に残ることになる。ここは、そうやって維持されてきた共同体なのではありませんか？」

飛鳥が真船に質問を投げかける。正次はピンと来ていないのかきょとんとした顔をしており、真船は何も答えようとしなかったが、ややあって太い指を二本立て、「二つ、訂正じゃ」と告げた。

「一つ、供物は潮が満ちる前に回収するから無駄にはならねえ。そしてもう一つ、あの面は、価値観を一転させるのではねえ。ただ、気付かせるだけじゃ」

「『気付かせる』……？」

「おう。あれに選ばれるということは、その人の心の奥の方に、元々、そういう素質があったということじゃ。そうでなくては、島に根付いて暮らしていけねえからな。というわけでお客人……いや、潮正次どん。わしらは、あんたを歓迎するぞ。畑でも果樹園でも漁師でも、若い人の働き口はいくらでもあるでな」

「はい……！　よろしくお願いします！　俺、心を入れ替えて働きます……！」

真船の温かな言葉を受け、正次が嬉し涙を流す。

盗みで生きてきた男が心を入れ替えるというのは、感動的な結末ではあるのだろう。

だが瑛吉は、上手く言葉にできない空恐ろしさを覚え、ぞっと体を震わせた。

＊＊＊

その日の午後、予定通りに迎えの船が来たので、瑛吉と飛鳥は正次を残して打櫓島を出た。

漁船を操る御崎野老人は、乗客が一人減ったと聞かされても驚きもせず、ただ「分かった」とうなずくだけだった。

「そうか……。今回は、一人残ったか」

「『今回は』？　こういうことはよくあるのですか？」

「……ああ。事情は知らねえが、わけありっぽいやつは打櫓島に残りやすい」

飛鳥の問いに答えつつ、御崎野老人は手元のレバーを動かした。ぶるん、とモーターが大きく震え、漁船が本土に向かって動き出す。打櫓島の港を見やりながら御崎野老人は言葉を重ねた。

「毎年、一人か二人。多い時は四、五人のことも、それ以上という時もある……。だから、年寄りや病人が亡くなったり、若いもんが島を出たりしても、あの島はずっと人が減りもしねえし、増えもしねえんだ」

淡々とした声が船上に響く。それを聞いた飛鳥と瑛吉はどちらからともなく視線を交わし、甲板の後方に移動して、遠ざかっていく打櫓島を見た。

「あの仮面は何だったんだろう」と瑛吉がつぶやく。

「飛鳥は『適性検査』って言ってたけど……どういう仕掛けになってるんだ？」

「それは僕にも分かりません。被せられた時の感覚からして、何らかの術が掛かっているのは確かでしょうが、僕の修めているものとはまるで別系統の技術でしたから……。神楽の時、無個性な仮面は摩耗した結果かもと言いましたけど、あれは間違いだったようですね。あの仮面はあれで完成形なんです」

「目も鼻もないのっぺらぼうが……？」

「ええ。洞窟の仮面を見るに、あれは、外部からの乱入者を選別し、無個性な構成員として迎え入れるための装置です。あの個性のない造形は、島民が代替わりが可能な存在であることも示しているんでしょう」

その説明に、瑛吉は、涙を流す正次を見て感じた悪寒の正体に気が付いた。本来はそれぞれ別の個性の持ち主であるはずの人間が、予め用意された鋳型に嵌められるような、そんな違和感を覚えたのだ。

「……な、なあ、飛鳥。このままでいいのか？」

「何がです？　ああ、今回の取材で記事が書けるか、ということですか？　確かに、そのまま書いたらリアリティがなさすぎますよね。また適当にアレンジしないと」

「じゃなくて、あの島、ほっといていいのかってことだよ。俺は、拝み屋ってのはよく分かんないけど、飛鳥なら、あの島の仕組みを壊せるんじゃないのか？」

島にいる時は聞けなかった質問を、瑛吉はようやく口にした。瑛吉がちらりと横目を向けると、飛鳥は数秒間沈黙し、抑えた声を発した。

「あの島は人を洗脳しているわけではありません。ただ、適性のある人間を選んでいるだけです。選ばれた当人は満足しているようですし、島を離れる自由も保証されている。となれば、部外者が手を出すべき事柄ではないと僕は考えます。誰にも犠牲を強いない仕組みには、僕はむしろ憧れます」

「憧れるって、お前……。まあ、部外者が首を突っ込む話じゃないってのは分からなくもないけど」

「人知の及ばないものを放置することへの不安はよく分かりますよ。ですが、この世には、不可思議な存在や仕組みは多々存在するんです。それらとやみくもに戦っても仕方ありません。先の取材では手を下しましたが、あれは例外だと思ってください。大事なのは、対象を冷静に観察し、時に適切な距離を取ること……と、僕はそう教えられました」

「教えられた？　誰に」

「僕を育ててくれた先生です」

そう言うと飛鳥は誇らしげな微笑を浮かべ、瑛吉を見て「そういうことです」と言い足した。この話題はここまで、と言いたいようだ。こういう事態に慣れているのであろう飛鳥にそう言われてしまうと、素人の瑛吉としては反論のしようもない。瑛吉は「了解」と納得し、再度、波間の打櫓島に目を向けた。

「にしても、誰があんな仕組みを作ったんだろうな……。そこらの人間が作れるもんじゃないだろ？」

「そこらの人間じゃなくてもあれは難しいですよ。これは推測ですが、あの仕組みを作り上げたのは、島そのもの――もしくは、島の地下に眠る何かではないでしょうか。

僕たちが連れて行かれた石造りの洞窟の、石の扉の奥にいる存在……」

「それってつまり……？」

瑛吉が尋ねると、飛鳥は視線を上げ、打櫓島の上空に目を向けた。

「島民の方が、この島は天候も海流もちょうどいいと話しておられましたよね。僕には、あの島の人たちは『ささやかだけど充足した生き方』という報酬を与えられているように見えたんです。まるで、蜜を与えてくれる芋虫を甲斐甲斐しく世話する蟻のように、島の環境を維持することと引き換えに……」

「蟻が住民ってことか？　で、芋虫が地下にいて、天候や海流を調整してる……？　いや、誰にそんなことができるんだよ」

「昨日見た神楽の内容を思い出してください。一般的な天女伝説では、天女は羽衣を取り戻して空に帰ります。ですがあの島の伝説では――」

「天女は空に帰れないまま、住民に慰められて終わる……。って、待った！　もしかして、地下に本当に天女がいるって言いたいのか？　それが島を守らせてる？」

驚いた瑛吉が見つめると、飛鳥は島を見据えたままうなずいた。

「あの島にはかつて天女と呼ばれた存在が本当に着陸し、故郷に帰れなくなって、山の地下でずっと迎えを待っているのではないでしょうか。人間に自分の眠る場所を守らせながら……」

「でも、地下の遺跡は数百年の歴史があるって、飛鳥、言ってたよな。つまり、天女は何百年も待ち続けてる……？　いくらなんでも長くないか？」

「古来、天女は寿命も長いし気も長いと言われていますからね。瑛吉さん、『寿限《じゅげ》無《む》』という落語をご存じですか？」

「はい？　何を急に？　そりゃ知ってるけど」

いきなり切り替わった話題に困惑しながらも瑛吉はうなずいた。下町育ちの瑛吉にとって、演芸場や噺家は身近な存在で、父や祖父もよくラジオで落語を聞いていたので、有名どころの噺は一通り把握している。

「子供に長い名前をつける話だろ。『寿限無寿限無、五劫の擦り切れ』ってやつ」

「その『五劫の擦り切れ』ですよ。天女が三千年に一度だけ天下り、衣の裾で大岩を撫でる。その岩が擦り切れてなくなるまでの期間が『一劫』です。つまり」

「……ああ、なるほど。確かに天女は寿命も長いし気も長いな」

「そういうことです。ついでに言うと、あの島の『打櫓』という名前は本来、『空』への『路』という意味だった可能性もありますね。『空』という字は『空《うつ》』とも読みますから。それに、打櫓島のあの形……。中央が半球状に盛り上がっていて、その周囲に帽子の鍔のような平地が広がる地形は、何かを連想させませんか？　ほら、先日瑛吉さんが撮影しようと奮闘された」

「言われてみれば確かに、空飛ぶ円盤みたいな形だけど……って、え」

釣り込まれるように応じた瑛吉は、自分の言葉に驚いて目を見張った。

——大体、地球人をずっと見守ってて、無条件で助けてくれる宇宙人だなんて、そんな都合のいいものがいてたまるかって話だよ。この世界は弱肉強食か共存共栄が原則でしょうが。

——編集長が、二十世紀になるまでUFOが記録されなかったのは変だ、という話をしていたじゃないですか。でも、昔からああいう形のものが来ていたという話はあるにはあるんですよ。

——宇宙人と天女では、歴史もジャンルも異なりますが、『空からやって来るもの』という意味では同じでしょう？

先日聞いた言葉の数々が同時に脳裏に蘇り、一つの形を成していく。瑛吉は「まさか」と短く呻き、漁船の手摺を摑んで身を乗り出した。

「あの島の地下に巨大なUFOが埋まってるってことか？　天女の正体は大昔に漂着した宇宙人で、平穏な生活を与えるのと引き換えに、自分の居場所を地球人に守らせて……！」

興奮した声が自然と漏れる。だが、それを聞いた飛鳥は、瑛吉とは対照的な落ち着いた態度で、微笑を浮かべて肩をすくめた。

「そう考えることもできる、というだけの話です。確証はありませんから」

「だ、だよな。ありえないよな……」

瑛吉は呆れてみせたが、背中に冷や汗が滲むのを感じていた。荒唐無稽な想像だとは分かっているが、そうだとしたら……と考えてしまうと震えが止まらない。

そんな瑛吉に笑顔を向けた後、飛鳥は遠ざかっていく打櫓島へと向き直った。細めた目が、波の間に見え隠れする小さな島をまっすぐ見据える。

「何にせよ、あの島の地下に何かがいるのは確かだと思います。いつの日か空に帰りたいと願う何かが」

「でも、もしそうだとして……迎えは本当に来るんだろうか。それに、もし迎えが来たなら、あの島は――島の人たちはどうなるんだ？」

島に向かってカメラを構えながら、瑛吉が不安な声で問いかける。と、それを聞いた飛鳥は、分かりませんと言いたげに軽く首を横に振った。

第三話

大怪竜吼える！ダム建設予定地を揺るがす伝説の竜神

ギャオオオオオオオオオオン……！　という耳をつんざくような雄叫びに、囲炉《いろ》裏端《りばた》で寝ていた瑛吉は反射的に跳ね起きた。

「何、何!?　何の騒ぎ――」

おろおろとあたりを見回した瑛吉は、息を呑んで固まった。

今回の取材の寝泊まり先として借りたこの古民家を、外から誰かが――いや、何かが覗き込んでいる。

そのことに気付いた瑛吉は、思わず「嘘だろ」とつぶやいていた。

入り口の木戸の脇に設けられた幅六十センチほどの格子窓の外に、ぎらついている一つの目玉。

煌々と光を纏うその目玉は、窓枠とほぼ同じ大きさだったのだ。

血走った白目の中心に子供の頭ほどもある瞳が輝き、格子越しにまっすぐこちらを見据えている。小さな窓からでは外の何かの全容はさっぱり分からないが、目の周りの皮膚の様子を見る限り、外にいるのは、爬虫類か両生類のような皮膚の生き物のようだった。

現実感のなさに立ち尽くす瑛吉の前で、目玉は「これは生き物の目だからな」と念押しするかのように瞬きをして、そのまま上へと移動した。

大きな歯が並んだ口と、歯の列の向こうで蠢《うごめ》く舌とが窓の外を一瞬よぎり、窓の外が暗くなる。外の何かが顔を上げたのだろう。

ギャオオオオン……と、野太く力強い咆哮が再び響く。

やたら高い位置から聞こえてくるその叫び声に、瑛吉は、この取材に出かける前に、編集長から投げかけられた言葉を思い出していた。

――だから、怪獣だよ。

――怪獣を撮ってこいって言ってるの。

＊＊＊

「だから、怪獣だよ。怪獣を撮ってこいって言ってるの」

「月刊奇怪倶楽部」編集部の応接スペースで、下野瀬編集長がきっぱりと告げる。

堂々とした、なおかつ現実感のない指示に、編集長の向かいに座る瑛吉と飛鳥はどちらからともなく視線を交わした。

短い沈黙の後、瑛吉が眉をひそめて口を開く。

「怪獣って、あの怪獣ですか……？　俺はあんまり詳しくないですけど、ビルよりでかくて火を吐いたり光線を出したり空を飛んだりする、あの……？」

「その怪獣に決まってるでしょうが。今、ブームでしょ、怪獣。うちのガキもすっかりのめり込んでるし。だから我が『奇怪倶楽部』でも特集を組もうと思って、その目玉記事として君らの連載で怪獣をだね」

「いや、でも、ああいうのって映画やテレビの話ですよね？　映画会社にでも取材に行けと……？」

「違う！　そんなもん取り上げてどうすんの。うちは真実だけを扱う報道誌だよ」

　絶対嘘だと瑛吉は思った。

　何せ、最新号の巻頭記事は「ヒマラヤの雪男は四国にいた！　土佐《とさ》の山中に現れた八つの頭の巨人は雪男の母!?」なのだ。書いたのはもちろん飛鳥で、完全に空振りに終わった取材をもとに、大半を無関係な伝説の引用と強引な創作で埋めてでっち上げたものである。

　なお、既定のページ数を埋めるためのネタ探しには瑛吉も協力した。おかげで図書館や古本屋を使った調べ方のイロハを学ぶことができたのだが、出来上がった記事の九割九分が嘘と誇張なので、達成感はほとんどない。

　あの記事の出来を回想して呆れかえる瑛吉と、ただ無言でにこやかに微笑む飛鳥に、下野瀬は煙草を突きつけて続けた。

「だから本物の怪獣を撮るんだよ。ネッシーみたいなやつ！」

「まさか海外取材ですか？」

「違うっての。最後まで聞きなよ。いい？　東北は奥羽山脈の一角の何とかって小さな村に、怪獣が出るって噂があるわけよ。拝君には言ったよな」

「はい。『雨田《うだ》』という集落ですね。正確に言うと村ではなく、大字《おおあざ》ですが」

煙草を向けられた飛鳥はうなずき、ポケットから手帳を取り出した。

「編集長から電話で伺った後、ざっと調べてみましたが、雨田集落は最近、ダム建設のために廃村が決定していますね。大多数の住民は既に土地を離れたものの、一部の住民が故郷がダムに沈むことに反対して村に残留中で、編集長の仰る『怪獣』を目撃したのはその方たちとのことです。雨田では古くから竜神を祀っていることから、その竜神が祟っている、あるいは怒っているという話もあるとか」

「へえ……。って、竜神と怪獣は別物では？」

「似たようなもんだよ。要するにでかい爬虫類だろ。で、他には何かないの？」

瑛吉の疑問を切り捨てながら下野瀬が問いかける。見据えられた飛鳥は手帳に視線を落として、そうですねえ、と相槌を打ち、その横顔を見た瑛吉は、あまり乗り気ではないようだと気付いた。

穏やかで愛想のいい飛鳥だが、決して感情の機微がないわけではないことを、瑛吉はこれまでの取材を通じて知っている。そこそこ付き合いが長くなったからか、飛鳥が何を思っているのかも、おぼろげではあるが分かるようになってきていた。

「確かに現地には竜神伝説があります」と飛鳥が続ける。

「正確には、雨の神である『善如《ぜんにょ》竜王』を祀っていたようですね。雨田という地名でも分かるように、ここは雨の多い土地であったため、天候を司る善如竜王を奉じるようになったのでしょうが、肝心の竜神の噂については……」

「ないの？」

「ないと言うより情報自体が少ないんです。調べてみても、出てくるのは反対運動の話題くらいなんですよ。祟りの詳細もさっぱりで、本当に起きたのかどうかすら……。そもそも報道も少ないですから、これ以上詳しく知ろうと思うと現地に行くしかありませんが、正直なところ」

「よし、じゃあ行ってこい！」

否定的な見解を口にしようとした飛鳥を下野瀬がすかさず遮る。

……これはもう、駄目元と分かっていても行くしかないようだ。

観念した瑛吉と飛鳥が横目を向け合って同時にうなずくと、下野瀬は煙草を灰皿で揉み消し、威圧感のある笑顔を瑛吉に向けた。

「これぞ怪獣！　って感じのいい写真、期待してるよ」

「はあ……。頑張ってはみますけど……」

「行く前から諦めてどうすんの。君、写真で食っていきたいんだよね？　だったらそういう凄いのを撮らないと。あ、怪獣が無理なら恐竜でもいいから」

「もっと無理ですよ。恐竜って絶滅してるじゃないですか」

「じゃあ恐竜の化石でいいよ。でっかいやつな！　恐竜も流行ってるし、あれなら学術的な箔も付く。経済成長を遂げつつある日本が次に求めているものは、世界に胸を張れる学術的な成果や発見だ！　って新聞に書いてあったからな」

「それも難しいのでは……？　恐竜とは、中生代に生息していた直立歩行する陸生爬虫類の総称ですが、その大型種の化石は、日本では一体も発見されておらず、日本では中生代の大型動物の化石は出ないというのが学界の定説ですから」

　困ったような笑みを浮かべた飛鳥が進言する。その知識の広さに瑛吉は素直に感心し、じゃあ結局俺は何を撮ってくればいいんだよ！　と思った。

＊＊＊

かくして瑛吉たちは取材のために雨田へ赴くこととなった。

　これまで同様、夜行列車やバスを乗り継いでの道中だったが、今回の目的地である雨田集落は既にダム工事に伴う廃村が決定済みで、公的には住民の移住も終わっており、後は工事着工を待つばかりという状況なので、交通機関は通っていない。最寄りの町から歩くと数時間は掛かる距離で、徒歩だと日が暮れそうだったため、二人はやむなくタクシーを使った。

　一時間近く山中の坂道を揺られて辿り着いた雨田集落は、四方を山と森に囲まれた、昔ながらの山村であった。

「とても静かなところですね」

あたりを見回した飛鳥が素直な感想を漏らし、確かに、と瑛吉が応じる。

放棄された田畑の合間には茅葺きや板葺きの家がぽつぽつと建っているものの、聞こえてくるのは鳥の声や葉擦れの音くらいで、人の気配はまるでない。手近な家の板壁や、未舗装の道路の脇に立つ木製の電柱には「ダム建設絶対反対」と大書されたビラが何枚も貼られていたが、いずれも退色し破れてしまっている。まるで廃墟のような光景を前に、瑛吉は飛鳥に問いかけた。

「まだ反対派の人が残ってるんじゃなかったか？」

「僕が調べた時点ではそうだったようですが、もう退去されたのかもしれませんね……。竜神信仰や竜の祟りについて、地元の方に話を聞きたかったのですが。とりあえず少し村の中を歩いてみますか」

　肩をすくめた飛鳥が苦笑する。それから二人はしばらく村内を歩き回ってみたが、やはり住民は見当たらなかった。これは今回も収穫なしか……と瑛吉は危ぶんだが、やがて村外れの谷川に差し掛かった時、飛鳥が「ほう」と唸って足を止めた。

「これは凄い……！」

「凄いって何が――あ」

　飛鳥の視線を追った瑛吉が息を呑む。

　深い谷川を挟んだ対岸は、頑丈な断層が剝き出しになったほぼ垂直の絶壁なのだが、その一角、見上げた先に、立派なお堂が貼り付いていた。

　正確に言うと、まるで貼り付くように建てられていた。

　岸壁から張り出す形で組まれた土台の上に建つ仏堂は、左右対称となる、横に長いデザインだった。幅はざっと見て三十メートルはあり、高さは二階建ての家ほど。堂の端からは岸壁に沿った狭い回廊がジグザグに上へ延びており、それを使って中に入れるようだ。

　相当古い建物なのだろう、屋根も板壁も色褪せていたが、おかげでかえって迫力がある。思わずカメラを構える瑛吉の隣で飛鳥が興味深げに目を細めた。

「投入堂《なげいれ》に似ていますね」

「なげいれ堂?」

「鳥取にある三佛寺の奥の院の別名です。あのお堂とよく似た形式の建造物なのですが、投入堂は古くから名勝として知られているのに対し、こちらのお堂の存在は僕も知りませんでした。瑛吉さん、丁寧に撮っておいてください」

「了解！ と言っても、ズームにしても限界があるなあ。できればもっと近くで撮りたいし、中にも入ってみたいんだけど……入っていいんだろうか、あれ」

「どうでしょう。話を聞けそうな方もいらっしゃいませんしね」

瑛吉のこぼした疑問に飛鳥が応じる。瑛吉は、ファインダーに目を押し付けたまま「だよな」と相槌を打とうとしたが、そこに知らない声が割り込んだ。

「あのお堂に関心がおありですか?」

二人の後ろから落ち着いた男性の声が響く。瑛吉たちが揃って振り向くと、そこに立っていたのは、黒い着物を纏った禿頭の青年僧だった。

見たところの年齢は三十歳前後、背丈は飛鳥と瑛吉の間ほどで、細面に黒縁の眼鏡を掛けている。二人を前にした眼鏡の仏僧は、まず手を合わせて一礼し、よく通る声で名乗った。

「お初にお目にかかります。拙僧、安房《あわ》啼竜《ていりゅう》と申します」

眼鏡の青年僧・安房啼竜は、この雨田集落唯一の寺である「善如堂」の住職であった。飛鳥たちから来訪目的を聞いた啼竜は、まだダム反対運動のグループは十人ほどが村に残っているが、今日は全員が交渉のために町の県事務所へ出向いているのだと話し、「立ち話も何だから」と、村内の一軒家に二人を招いた。

「ここは空き家ですが、今は共用の集会所と言いますか、反対運動の事務所として使っております。さあ、どうぞ」

「お邪魔します。啼竜さんもグループの一員なのですか？」

「いいえ。個人的には参加したかったのですが、村の檀家寺の住職という立場上、それは叶いませんでした。村には、ダム建設に賛成される方もおられましたから……。現在、ここに残っているのはダムに反対される方だけですけれど、今更仲間に入れてくれというのも虫が良すぎる話でしょう。反対グループの皆様からは留守を預けていただいておりますが……まあ、適当にお座りください」

啼竜はそう言って藁で作った円座を囲炉裏の周りに並べたが、東京の下町育ちの瑛吉にとって北国の山家の内部は珍しく、瑛吉は腰を下ろすのも忘れて屋内を――使い込まれた囲炉裏や自在鉤《じざいかぎ》、壁に掛けられた笠や蓑、そして異様に太い柱などを――見回した。

「随分立派な柱ですね……。俺の実家の倍はある」

「このあたりは豪雪地帯ですから、それくらい太くないと雪の重みに耐えられないのだと思いますよ。啼竜さん、梁に巻かれている縄は火伏のおまじないですか？」

飛鳥が天井を見上げて尋ねると、土間で水瓶の水を汲んでいた啼竜は、感心したように目を丸くした。

「そうです。毎年、初午の日に、その年の火難がないことを祈って縄を二度、梁に巻くのです。お若いのによくご存じですね」

「縄を梁に……？　ああ、あれか」

天井を見上げた瑛吉が声を漏らす。真横に渡された太い梁には、何十本……いや、何百本もの縄がしっかりと結び付けられていた。

「あの縄の数だけ、この家での暮らしがあったということですね」

飛鳥がぽつりとつぶやくと、啼竜は何かを悼むように目を伏せた。そうです、と抑えた声が空き家に響く。

「しかし、あの梁に縄が巻かれることはもうありません……。お二人は、竜神伝説や竜の祟りのことを調べに来られたのですよね」

「はい。それと、谷の向こうにあったお堂のことも伺いたく……」

「あれは善如堂の奥の院で、かつては修行に使われておりました。善如堂の名は善如竜王様に由来し、善如竜王様がこの地に顕現されたという伝説もございます。奥の院のことも、善如竜王様――竜神様のことも、話せと言われればいくらでもお話ししましょう。……ですがその前に、まずは、この村のことを聞いていただきたい」

丁寧だが有無を言わさぬ強さを備えた声で啼竜が告げる。分かりました、とうなずいた飛鳥、そして瑛吉が囲炉裏端に腰を下ろすと、啼竜は「今朝、汲んだ清水です」と水の入った湯飲みを差し出し、その上で淡々と話し始めた。

ここ雨田には、何百年もの歴史があること。

雨田は特産品や名物があるわけでもない、ただのありふれた貧しい山村に過ぎず、旧態依然とした慣習もあり、住人も善人ばかりだったわけではないが、そこには確かな暮らしの積み重ねがあったこと。

そして、そんな共同体の廃止が、中央の一存で決定してしまったこと……。

「戦後の復興や近代化に伴い、都市での電力需要が増していることは拙僧も理解しています。時代の流れは受け入れなくてはなりませんし、人々の暮らしが豊かになること自体は喜ばしい。ですが、ダムができたところで私たちが何を得るのか？　何百年も続いてきた共同体は離散させられ、故郷の風景は水底に沈んで再訪することも叶わなくなり、そこで作られた電気は全て市街地へ送られる……。ここに住んでいたのは、皆、真っ当に生き、真っ当に税金を納めてきた人たちです。なればこそ、生きたい場所で生きる権利があるはずです。にもかかわらず、ダム建設は決定されてしまった……。それに憤りを覚える人がいることは、拙僧は自然だと思うのです」

一貫して落ち着きのある、それでいて重たい言葉が、何百年を耐えてきた民家の中に淡々と響く。啼竜の語りには説得力があり、故郷がダムに沈められる心配のない瑛吉は、ただ黙ってうつむくことしかできなかった。

やがて啼竜の語りが一段落すると、飛鳥は「仰る通りだと思います」と礼儀正しく一礼し、顔を上げて問うた。

「啼竜さんはずっとこちらにお住まいなのですか？」

「生まれも育ちもこの村ですが、大学の時期だけは東京に出ていました。大学では地質学や古生物学を専攻したものです」

「へえ……」

感心した声を漏らしたのは瑛吉だった。啼竜の語り口には、僧侶というより研究者のような理屈っぽさがあると瑛吉は感じていたが、そういう経歴なら納得だ。

「でもお坊さんで地質学に古生物学って珍しいですね。何でまた」

「幼い頃から興味があったから、ですね。理系に進ませてくれた父母には今も感謝しております」

自分の湯飲みを手にした啼竜が懐かしそうに目を細める。話題が気楽なものに変わったことに瑛吉は内心で安堵したが、その時、外から車のエンジン音が聞こえてきた。騒々しいエンジン音はすぐに途切れ、大勢の話し声や足音が瑛吉たちのいる民家に近づいてくる。

「ああ。県事務所に行っていた方々が、お帰りになったようですね」

啼竜がそう言うのとほぼ同時に、開け放たれていた木戸から、幅広い年代の男女が八人、ぞろぞろと現れた。

「和尚さん、ただいま！　買い出しも済ませてきたでよ、晩飯は一緒に——ん？」

先頭の若い男が見慣れない顔の来客に気付いて眉をひそめ、それに続いた面々が一様に顔をしかめて立ち止まる。瑛吉と飛鳥は立ち上がって自己紹介しようとしたが、それより先に啼竜が口を開いていた。

「お疲れ様です、稲垣《いながき》さん。こちらは雑誌記者の拝飛鳥さんとカメラマンの見取瑛吉さんです。はるばる東京から、取材のためにお越しになったそうです。それはそうと、苗場《なえば》さんと川上《かわかみ》さんが見当たりませんが……」

「……あいつらも抜けた」

啼竜の問いかけを受け、稲垣と呼ばれた若者は悔しそうに歯噛みした。その隣の若い女性がうなずいて後を受ける。

「県の連中、『工事の着工はもう決まったことだから』の一点張りで、聞く耳を持とうともしねえでよ。苗場と川上の二人は、それを聞いて心が折れちまっただ」

「……そうですか。残念です。県の方は、文化財調査の件についても何も？」

「ああ。和尚さんに言われた通りに伝えたけども、あそこには調べるようなものはないって確認済みだ、第一、もうスケジュールは変えられねえ、と来たもんだ」

吐き捨てるように言ったのは、グループ内で最年長の初老の男性だった。それを聞いた啼竜が残念そうに肩を落とすと、反対グループの面々は飛鳥と瑛吉に向き直った。

「それより、取材ってのはどういうことだ？　おらたちの訴えを新聞で書き立ててくれるのか？」

「だとしたらありがてえが、もうちょっと早く来てくれねえと……」

「ああ、いえ、そういうものではないんです」

村人たちの言葉を受けた飛鳥が申し訳なさそうに口を挟む。更に飛鳥が、「奇怪倶楽部」の性格と、自分の書いている記事について説明し、ここに来たのは竜神の祟りの取材のためだと明かすと、一同は顔色を変えた。

「祟りじゃねえ、怒りだ」と一人が言う。

「竜神様は暴れるわけでも人を呪うわけでもねえ。ただお怒りを示されるだけだ。実際、おらたちは、何度も竜神様の声を聞いただ。恨めしそうな雄叫びをな」

「それに、風もないのに家がガタガタ揺らされるなんてのはしょっちゅうだ」

「夜中、窓の外をでっかくて長い影が通り過ぎたこともある」

「写真はねえが、見たのはおらたちだけじゃねえぞ？　泊まりがけで調査に来てやがった、県の役人や工事の業者もだ」

「そうだ！　もっとも、連中は、見間違いだ空耳だと言い張ってやがるが――」

「え？　ちょ、ちょっと待ってください！　それ、全部、ほんとですか……？」

口々に語られる証言に瑛吉はつい身を乗り出していた。竜神の祟り――村人の言葉を借りれば「怒り」――については、ここまで具体的な話が聞けていなかったが、どうやら実際に色々と起こっているらしい。

音や振動だけならば無理やり説明を付けられなくもないけれど、実際に巨大で長い何かが目撃されたとなると話が違ってくる。もし竜神でなかったとしても、何かがいる、あるいはあるのは間違いないことになるからだ。正直、とても信じられないが……と訝っていると、眉根を寄せた飛鳥が口を開いた。

「なるほど……。噂が広まっていなかったのは、県や工事会社の方たちが、口外しないよう示し合わせていたということでしょうか？　工事を進めたい側が不穏な噂の拡散に警戒するのは分かりますが、僕たちは――」

「信じるってか？　面白おかしく書き立てるために？」

飛鳥の言葉を村人の一人が遮った。睨まれた飛鳥が押し黙ると、反対グループの最年長の初老の男性・曲谷《まがりや》が、悔しそうに口を開いた。

「東京の方々にしてみりゃあ、山奥の村がダムに沈もうが知ったことではねえし、それより古臭い祟りの方が面白がるのに丁度いいってことか……。東京は、わしらから、何でもかんでも奪うんだな」

「何でもかんでも……？」

「そうでねえか、カメラマンさん！　わしらの親父の代には、村の古くからの氏神様が奪われて、お仕着せの神さんを押し付けられた。先の戦争での徴兵や、戦後の集団就職では、働き盛りの若者をごっそり連れて行かれちまった……。そんで今度は、村そのものだけでなく、わしらがずっと怖がってきたもの……畏ろしいものまで奪って、笑いものにするんじゃねえか……！」

　曲谷が悲痛な声で言い放ち、その剣幕に瑛吉は思わず「すみません」と頭を下げていた。飛鳥はただ正座したまま黙っている。気まずい沈黙が室内に満ちていく中、落ち着いた声で皆を諭したのは啼竜だった。

「まあまあ、曲谷さんもそのへんで……。お気持ちはよく分かりますが、この方たちを責めても筋違いというものでしょう。それに、東京だけが繁栄を謳歌し続けているというならともかく、先の戦争では東京も大きな被害を受けている」

「……む。そりゃまあ、和尚さんの言う通りだろうがよ」

「ご理解ありがとうございます。では、曲谷さんも皆さんも、考え方を少し変えてみてはいかがでしょうか？　せっかく雑誌記者さんが来てくださったのです。雨田のことを広く知ってもらい、記録してもらうには、絶好の機会ではありませんか」

「はい？　いや、うちの雑誌はそんな立派な代物じゃないんですが……。影響力なんかもほとんどないですし」

村人たちに呼びかける啼竜に、瑛吉は思わず口を挟んだ。だが啼竜は、分かっています、と言いたげにうなずき、その上で「どんな形であれ」と言葉を重ねた。

「残ることが重要なのです。拙僧らが日々のお勤めで用いる経典も、かつて誰かが残したからこそ、今存在しているように……。雑誌に書いていただければ、こういう場所があったのだと、いつか誰かに知ってもらえる機会を作ることができます。大事なのは、可能性を残すこと。海に手紙を流すような不確かな方法かもしれませんが、やらないよりもやる方がいい。そうは思われませんか、皆さん？」

「……ああ、そうだな」

「確かに……和尚さんの言う通りだがや」

啼竜の言葉を受けた村人たちが目くばせを交わし、真剣な面持ちでうなずき合う。まるで何かを確認し合うような素振りに、瑛吉は軽い違和感を覚えたが、それよりも取材が認められたことへの安堵の方が大きかった。飛鳥もほっとしたようで、にこやかに微笑んで頭を下げる。

「では皆様、改めて、取材へのご協力、よろしくお願いいたします」

「こちらこそよろしくお願いしますだ。とは言え、竜神様を実際にお見せできるわけでもねえからなあ……。どこが見てえとか何が聞きてえとか、ご要望があれば何でも言ってくれや」

一同の代表格なのだろう、最初に家に入ってきた稲垣という若者が口を開く。だが飛鳥が「では岸壁のお堂の中を拝見したいのですが」と持ち掛けると、反対グループの面々は困った顔で黙り込んでしまった。村人たちが視線を向けた先で、啼竜が申し訳なさそうに口を開く。

「実は、あの奥の院に入れるのは善如堂で修行する者だけと、昔から定められているのです。檀家の皆様すら入れたことはありません。くれぐれも軽々しく中を見せてはいけないと、そう伝えられておりますので……」

「え、そうなんですか？　写真撮りたかったんだけどな……。と言うか、中を見せてはいけないって、あそこには何かあるんですか？」

「啼竜さんは中をご覧になったことが？」

「ございます。しかし、何を見たのか申し上げることはできません。ダム工事が着工された場合は、あの岸壁は奥の院もろとも壊されることになっておりますが、その際、奥の院を解体するのではなく、岸壁ごと奥の院を爆破していただくようお願いしております。加えて、発破用のダイナマイトの設置も、作業員ではなく、私が行うことになっております。これでも危険物取扱の資格を持っておりますので」

「全て、堂の中を白日の下にさらさないため、ということですか……。入念ですね。その条件は通ったのでしょうか？」

「通しました」

飛鳥の質問に啼竜が即答する。相当頑固に粘ったのだろうなと瑛吉は察し、飛鳥と視線を交わした。

「どうする、飛鳥？　とりあえず外観だけでも撮りに行くか？」

「ですね……。そうだ、啼竜さん。奥の院が駄目ならば、善如堂の本堂を拝見することは可能ですか？」

「ああ、それなら構いません。拙僧が案内いたしましょう」

快諾した啼竜が立ち上がったので、瑛吉と飛鳥はそれに釣られて腰を上げた。


反対グループの面々は本部にしている民家に残るとのことだったので、瑛吉と飛鳥はひとまず彼らと別れ、啼竜に連れられて善如堂へ向かった。

村の中心部近くに位置する善如堂は、なだらかな四角錐型の屋根を担いだ、寄棟《よせむね》形式の古刹《こさつ》だった。本堂の前の境内には小さな鐘撞き堂があり、本堂脇から裏手にかけては墓地が広がっている。

「村を出るのに伴ってお墓を移転された方も多いですが、無縁のお墓や家が絶えてしまったお墓には、引き取り手はありません。ならば、集落がダムに沈む日まで残って供養を続けることが、拙僧にできるせめてもの功徳と考えております」

啼竜はそう言いながら二人を本堂の正面入り口に案内し、足を止めて視線を上げた。

「上をご覧ください。善如竜王様が彫られています」

「上？　……ああ、ほんとだ」

啼竜の言った通り、軒下に渡された虹梁には立派な竜が浮き彫りになっていた。幅は一メートル強、ぎょろりとした大きな目を開き、頭頂部には一対の角を、口元には髭を生やしている。蛇のようにうねった胴体は鱗で覆われ、小さな前足の尖った爪で宝珠を摑んでいる。オーソドックスなデザインの東洋の竜だが、それを見上げた瑛吉は「ん？」と眉根を寄せていた。

「確かに見事な竜だけど……何だろう。俺の知ってるのとは違うような」

「バランスでしょうね。一般的な東洋竜は頭のすぐ後ろに前足が来るのに対し、この竜神様は首が長く、頭から前足までが離れているんです。それに角も髭も短い」

「ああ、なるほど」

飛鳥の明瞭な解説に瑛吉はあっさり納得した。言われてみれば確かに、見知った竜よりも首が長い。それでいてバランスが悪いと感じることもないから、これはデザインが上手いのだろう。そんなことを思いながら瑛吉は胸元に下げていたカメラを持ち上げた。

「すみません、これ撮ってもいいですか？」

「どうぞどうぞ。拙僧からも是非お願いします。この後、本堂内もお見せしますが、欄間に彫られた竜もこちらとよく似たお姿なのですよ」

「ということは、この土地に伝わっている竜神様はこういう姿なのでしょうか？」

啼竜の流暢な解説を受けて問いかけたのは飛鳥である。いつの間にかペンと手帳を取り出していた飛鳥は、視線を上げながら続けた。

「善如竜王の記録は京都などにも残っていますが、それとは姿が違うような……」

「残念ながら、具体的な容姿までは語り伝えられておりません。遥か昔の旱魃《かんばつ》の年、大雨を伴って、かの竜王川の岸壁に……つまり、奥の院のある場所に竜神様が顕現され、それを見た村人たちが奥の院と善如堂を建立したという話が残るだけです」

「ふむ。先にお寺があったのではなく、まず竜神伝説ありきなのですね。そして、奥の院の方がむしろ本堂よりも重要な位置づけであると」

「その通りです。ここに残された彫刻が、一般的な竜と外観が違うのは確かですが、何分、昔の話ですからね。しかもここは中央からは遠く離れた山奥です。今のようにテレビも雑誌も新聞もありませんから、見本を確認しながら作ることもできません。『竜とはこういう格好のものらしい』という伝聞だけを頼りに彫った結果が、このお姿なのではないでしょうか」

「なるほど。では、竜神様が祟ったり怒ったりするというお話については……」

「それはもう、幼い頃から散々聞かされました。竜神様は奥の院の奥で眠りにつきながら、人々をいつも見ておられる。だから悪いことはしてはいけないのだと、亡き先代が言っていたことをよく覚えております」

懐かしそうに眼鏡の奥の目を細めると、啼竜は村の外れ、奥の院のある方角へと顔を向けた。

「百年以上前、神仏混交の時代は、善如堂は神社でもありました。竜神様に捧げる祭礼も営まれていたそうですが、明治時代に上からのお達しで途絶えてしまい、それっきりです。そして今度は、中央の意向で村そのものの歴史が途絶える……。諸行無常は世の常ですが、だとしても酷な話だとは思われませんか」

奥の院の方を見つめたまま、啼竜が淡々と問う。答えに詰まった瑛吉は助けを求めるように飛鳥に目をやったが、飛鳥は質問への回答の代わりに、自らも問いを投げかけた。

「あの、一つよろしいですか？　先ほどから啼竜さんのお話を伺っていると、まるで、ダム工事による廃村を受け入れておられるように感じるのですが……」

抑えた声で飛鳥が口にした質問は、実を言えば瑛吉も薄々気になっていたことだった。村に残っている人たちの目的は、あくまでダム工事の中止と村の存続なのだろうが、出会って以来の啼竜の口ぶりや態度からは、廃村への憤りはともかく、「工事を止めたい」という願望や「村を残せるかもしれない」という希望が感じ取れない。

飛鳥と瑛吉が見つめると、啼竜は黙って二人に向き直り、仕方ないのです、と言いたげに頭を振った。

「ダム建設と廃村は、私たちも帰属する国が決めたことですからね……。そう簡単にひっくり返らないことは、拙僧も理解しております」

「そうなんですか？　でも、だったらどうして――」

「無理と分かった上でも、抗う姿を見せることに意義があると思うからです」

瑛吉の問いに啼竜の声がすかさず被さる。沈黙した二人を前に、啼竜は「この思いは、反対グループの皆様も同じです」と続け、静まりかえった集落を見回した。

「要するに、これは、拙僧らの意地なのですよ」

「意地……ですか」

「はい。矜持《きょうじ》と言い換えてもいいでしょう。ですから、どんな結果になるにせよ、工事が着工され、奥の院が解体される日までは、この地に残り続ける覚悟です」

＊＊＊

善如堂の取材を終えた頃には、日は山に沈んでいた。

飛鳥と瑛吉は、反対運動本部となっている古民家に戻り、反対グループの面々とともに食事を取った。村人たちは「ここには宿屋はないが、空き家はいくらでもあるから好きに使っていい」と、手近で適当な空き家を紹介してくれたので、二人はそこに泊まることにした。

紹介された家は、本部として使われていた民家と似たような様式で、板戸を開けると台所や農具置き場を兼ねた土間が、その奥に囲炉裏を囲んだ板間があった。

さらに奥には仏間や座敷が続いていたが、家の奥に行くほどかつての住人の生活感が色濃く感じられ、勝手に使うのは気が引けたので、瑛吉たちは入ってすぐの囲炉裏端で夜を明かすことにした。

放置されていた石油ランプに火を入れると、あたりがぽっと明るくなる。板間に腰を下ろした二人はほぼ同時に溜息を吐いた。「お疲れですか」と飛鳥が問い、瑛吉がこくりと首肯する。

「何か、思ってたのと違うと言うか……。竜だ！　怪獣だ！　って感じじゃないよな、今回の取材。東京人としては色々考えることばっかりで」

「分かりますよ。特に僕は、多数派の論理で犠牲になる人たちを見せられると、過剰に共感してしまう性格なので……」

並べた湯飲みに徳利から濁酒を注ぎながら飛鳥がうなずく。徳利の中身は、夕食時に反対グループから分けてもらった自家製の濁酒だ。飛鳥は湯飲みの一つを瑛吉に差し出し、「僕が意外だったのは」と続けた。

「竜神の怒りという異常な現象が起こっているにもかかわらず、啼竜さんも他の方たちも、『だから工事は中止すべきだ』という論調を用いなかったことです」

「ああ、確かに。言われてみればそうだよな」

「でしょう？　ダムへの反対は、あくまで今ここに生きている住民としての権利の主張であり、伝統的な信仰とは別の問題だ、ということなんでしょうね」

そう言って飛鳥は湯飲みの濁酒を一口飲み、「なかなかいい味ですよ」と微笑んだ。促された瑛吉が湯飲みに口を付けると、どろっとした甘みが口の中に広がった。甘酒に近いものだと勝手に思っていたのだが、意外にアルコール度数が高いようで、頭がふわっと浮つくのが分かる。

そう言えば、飛鳥と飲むのは初めてだな。

そんなことをぼんやりと思いつつ、瑛吉は神妙な顔で湯飲みを見つめた。

「今回みたいな話を聞かされて、どうすりゃいいんだろうな」

「僕にも分かりませんが……今できるのは、こういう問題があると覚えておくこと、それに、自分たちには何ができるのか考えることくらいですかね」

「うーん……。その言い方も無責任な気がするけどな。それって、少なくとも、今日明日にダムに沈められない町に住んでる人間だから言えることだろ？」

瑛吉が思ったままを口にする。と、それを聞いた飛鳥は意外そうに短く息を呑み、肩をすくめて眉尻を下げた。

「……その通りですね。僕も東京に住んでいる間に、中央の考え方に染まってしまっていたようです。お恥ずかしい」

「え？　いやそんな、別に――」

恥じ入る飛鳥を前に、瑛吉は目を丸くして驚いた。

この拝み屋とは最初の取材以来そこそこ長い付き合いになるが、こんな姿を見るのは初めてだ。酒のせいだろうかと訝りながら瑛吉は徳利を取り、手酌で湯飲みに二杯目を注いだ。

「あのさ。今『東京に住んでいる間に』って言ったけど」

「言いましたね。それが何か？」

「元は別の場所にいたってことか？　飛鳥って出身はどこなんだ？」

「気になりますか？」

「そりゃまあ……。これまでの知り合いには拝み屋なんていなかったから」

「なら、どこ生まれだと思います？」

自分も二杯目を注ぎながら飛鳥が楽しげに笑いかけたが、何のヒントもないのに当てられるわけがない。どうやら教えるつもりはないようだ。呆れた瑛吉が「飛鳥はほんと、分からないことだらけだな」とこぼすと、飛鳥は見慣れた愛想のいい笑みを浮かべてみせた。

「でも、瑛吉さんは比較的分かっている方だと思いますよ。僕が保証します」

「そりゃどうも」

そう言って苦笑いを返し、瑛吉はまた濁酒を口に含んだ。

その後しばらく、二人はとりとめのない会話を交わし、やがて囲炉裏端の板の間に横たわって眠りについた。


そして数時間が過ぎ、明け方が近づいた頃のこと。

ギャオオオオオオオオン……！　という耳をつんざくような雄叫びに、囲炉裏端で寝ていた瑛吉は反射的に跳ね起きた。

「何、何⁉　何の騒ぎ――」

おろおろとあたりを見回した瑛吉は、息を吞んで固まった。

今回の取材の寝泊まり先として借りたこの古民家を、外から誰かが――いや、何かが覗き込んでいる。

そのことに気付いた瑛吉は、思わず「嘘だろ」とつぶやいていた。

入り口の木戸の脇に設けられた幅六十センチほどの格子窓の外に、ぎらついている一つの目玉。

煌々と光を纏うその目玉は、窓枠とほぼ同じ大きさだったのだ。

血走った白目の中心に子供の頭ほどもある瞳が輝き、格子越しにまっすぐこちらを見据えている。小さな窓からでは外の何かの全容はさっぱり分からないが、目の周りの皮膚の様子を見る限り、外にいるのは、爬虫類か両生類のような皮膚の生き物のようだった。

現実感のなさに立ち尽くす瑛吉の前で、目玉は「これは生き物の目だからな」と念押しするかのように瞬きをして、そのまま上へと移動した。

大きな歯が並んだ口と、歯の列の向こうで蠢く舌とが窓の外を一瞬よぎり、窓の外が暗くなる。外の何かが顔を上げたのだろう。

ギャオオオオン……と、野太く力強い咆哮が再び響く。

やたら高い位置から聞こえてくるその叫び声に、瑛吉は、この取材に出かける前に、編集長から投げかけられた言葉を思い出していた。

――だから、怪獣だよ。

――怪獣を撮ってこいって言ってるの。

あの指示を聞いた時、瑛吉は絶対無理だと思ったたし、昨日の竜神の怒りの話を聞いてもなお現実感はなかった。なのにまさか……。

「まさか、本当に出るなんて――」

「瑛吉さん、カメラを！」

唐突に飛鳥の声が響いた。瑛吉同様、目を覚ましていたらしい。その一声に、呆けていた瑛吉は我に返り、枕元の愛機を摑んで窓へと向き直った。

同時に、ゴウッと大風のような音が響き、格子窓の外を、青緑色の頑強な鱗に覆われた太くて長いものが――おそらく竜神の首か胴体が――飛んでいく。

大きい割にその速さは凄まじく、瑛吉がカメラにストロボを繫ぎ、窓に向けてシャッターを切った時にはもう、それは通り過ぎてしまっていた。

「くそ、速い！　追いかけないと……！」

小さな窓からでは見えないが、まだ近くにはいるはずだ。裸足のまま瑛吉は土間に駆け下り、閉じた木戸に手を掛けた。だが、古びた板戸は歪んでいるのか、施錠したわけでもないのに、軋むばかりでなかなか開こうとしない。

「くそ、重いし堅い……！　何でこんな時に！　飛鳥、手伝ってくれ！」

「え？　あっ、はい！」

瑛吉の呼びかけを受けて飛鳥が駆け寄る。いつも的確に動く飛鳥が指示されるまで何もしなかったことに瑛吉は違和感を覚えたが、今はそこを追及している場合ではない。寝乱れた着物姿の飛鳥が、木戸の取っ手に手を掛ける。

「一気に引き開けますよ。一、二の──」

「三！」

息を揃えて力を掛けると、滑るように木戸が開いた。敷居のどこかに引っかかっていたようだ。

勢いよく開いた木戸から、二人は裸足で飛び出したが、古屋の前には、あの長い体の怪獣だか竜神だかの姿は見当たらなかった。

東の空は白み始めていたものの、ここには街灯も家々の窓から漏れる光もないため、あたりは暗く視界は悪い。どっちに向かうべきか悩んだ瑛吉が四方を見回していると、飛鳥がふいに「これは──」とつぶやいた。

何かの気配を察したらしい飛鳥が、空の一角を指差し、叫ぶ。

「あっちです！　あっちを撮ってください！」

飛鳥が指し示したのは、村外れの方角、奥の院があるあたりの上空だった。

暗い空には何も見えなかったが、こうなったら駄目元だ。瑛吉は言われた通りの方角にカメラを向け、シャッターを押し込んだ。

ストロボが激しい光を放ち、一瞬だけあたりが明るくなったが、光の中にあの竜が浮かび上がることはなかった。

逃したか、と思った瑛吉だったが、その矢先、あの咆哮が再び響いた。

「ギャオオオオオオオオン……！」

さっきとは打って変わって遠くから聞こえたその声は、残響を残しながら更に遠ざかっていき、やがて聞こえなくなった。

まだ朝までは時間があったが、とても寝直す気分にはなれない。

飛鳥に頼まれたこともあり、瑛吉は撮ったばかりのフィルムを現像してみることにした。写真に焼くには機材や設備が足りないが、現像液一式は持参しているので、フィルムに写ったものを確認することはできる。

「何も写ってないとは思うけどな……。ストロボ焚いた時も真っ暗だったし」

そう言いながら暗室代わりの納戸に籠もった瑛吉だったが、フィルムに浮かび上がったものを見て絶句した。

飛鳥に言われて空に向けてシャッターを切った時の写真、奥の院の方角の暗い空を撮った一枚に、巨大な影が写っていたのだ。

光量が足りていない上に距離があったからだろう、おおまかな形しか見えないが、何かが木立の向こうから長い首を持ち上げていることは見て取れる。円弧を描く首の先端には、頭部らしい膨らみがあり、そこにはストロボの光に反射したのか、二つの目が光っていた。

「……おい。嘘だろ」

竜としか思えないその影を見て、暗室で瑛吉は息を呑み、眉をひそめ、首を捻り、そしてひどく戸惑った。

飛鳥との取材でありえない光景を目にすること自体には慣れてきたし、それを期待してこの仕事を受けているのも確かだ。

だが、と瑛吉は考えた。ストロボが光った時にこんなものがいたなら、自分も飛鳥も気付いていたはずだ。あの時に何も見えなかったのは間違いない。

だったら、この写真に写っているものは一体、何だ……？

青ざめる瑛吉だったが、飛鳥の驚きようはそれ以上だった。

「まさか……！」

手渡されたフィルムをランプの光にかざしたまま、飛鳥が震えた声を発する。

いつも冷静な飛鳥がここまで動揺する姿を見せるのは珍しい。今回の取材では飛鳥の知らない面をよく見るな、と思いつつ、瑛吉は「そんなに驚くことなのか？」と尋ねたが、この手の事態に慣れているはずの拝み屋は何も答えようとしない。

黙り込んだままフィルムを見据える飛鳥を前に、瑛吉の不安はいっそう募った。

「何か言ってくれよ、ここには飛鳥しか頼れるやつがいないんだから……！　なあ、これってやっぱり、本当に竜神が出たってことだよな？」

「信じ難いですが……そういうことになりますかね」

「だよな？　あ、あのさ、俺は素人だからよく分かんないけど……もし本当に竜神がいるんだとして、それが怒ってるんだとしたら……このままダムを作っていいのか？　工事が始まったら、何かとんでもないことが起きるんじゃないのか……？」

蒼白な顔の瑛吉が問いかける。瑛吉が縋るように見つめた先で、和装の拝み屋はしばらく沈黙し、神妙な顔のまま首を横に振った。

「……すみません。僕には分かりません」

そのまま飛鳥は、朝まで何かを考え込んでいた。

やがて日が昇ると、飛鳥は黙々と身支度を整え、瑛吉とともに簡単な朝食を取った後、「少し、一人で出てきます」と言って立ち上がった。

「瑛吉さんには、村に残っている方たちへの聞き込みをお願いします。昨夜の出来事を見聞きしたか、あれはこれまでに目撃された竜神と同じものだったのか……。その他、どんな情報でも構いません。それと、竜神の痕跡も探しておいていただけると助かります」

「え？　それ俺がやるのか？　てか、飛鳥はどこに」

「調べたいことがあるので、ちょっと出てきます。帰りは夜になると思います」

爽やかに言い放ち、飛鳥はさっさと村を出てしまった。取り残された瑛吉は「取材なんかしたことないのに」とぼやいたが、飛鳥の言動が唐突で不可解なのは今に始まったことでもない。気を取り直した瑛吉は、言われた通り、啼竜や反対グループの面々を訪ねて回ることにした。

村に残っていた面々は一様に、昨夜の声は確かに聞いたと証言し、大きくて長い何かが外を通ったのを見たという者も数名いた。

やはり、昨夜のあれは幻覚でも幻聴でもなかったのだ……！

強く確信した瑛吉は勢い込み、カメラ片手に竜神の痕跡を探し回った。村人たちは「見つからないと思うだよ」と言いつつも、入れ代わり立ち代わり、瑛吉に同行してくれたが、半日以上掛けても、痕跡らしいものは何一つ発見できなかった。

「収穫なしか……。鱗の一枚か毛の一本でもいいんだけどな。後は、足跡とか」

善如堂の入り口にへたり込んだ瑛吉がぼやく。それを聞いた反対グループの面々や啼竜は、やっぱりな、と言いたげに苦笑し、あるいは嘆息した。

「そうがっかりすることはねえだよ」

「俺たちも初めてあれを体験した時は、必死に探し回ったもんだ」

「何も見つからなかったけどな」

「そうなんですか？　じゃあ何で手伝ってくれたんです……？」

「今回は何か見つかるかもと思ったからに決まってるでねえか」

「ですから皆さん、拙僧が何度も申し上げたではありませんか。竜神様——善如竜王様は実体を持つものではないから、物的証拠は残らない、と。古来、神仏のお姿は人の目にのみ映り、そのお声は人の耳にだけ聞こえるものなのです」

啼竜が落ち着いた声で諭し、一同が「そうだったなあ」と相槌を打つ。説得力のある語り口に、瑛吉は一瞬納得しかけたが、そこではっと気が付いた。

「いや、待ってください！　人の目にしか映らないなんてことはないですよ！　俺、昨夜、写真を撮ったんですから」

瑛吉が思わず立ち上がると、それを聞いた村人たちはぎょっと目を丸くした。更に瑛吉が今朝方現像したフィルムを見せたところ、啼竜を含んだ面々はあからさまに狼狽した。

「ま——まさか、こんな……」

「そんなはずは……」

「だが、こりゃあ確かに竜神様にしか見えねえ……」

青ざめた村人たちがお互いに顔を見交わし、不安げにざわつく。その光景を前にして、瑛吉は思わず眉をひそめた。

確かにこれまでは、撮影もできず、証拠もなかったのかもしれない。だが、この人たちは、竜神が何度も姿を見せていることを、誰よりも知っているはずだ。

だったら、運良く写真が撮れたとしても、そこまで驚かないか、驚いたとしても喜ぶだろうと瑛吉は思っていたのだが……。

「あの……皆さん、どうしてそんなに戸惑ってるんですか？」

瑛吉はおずおずと尋ねたが、反対グループの面々も啼竜もそれに答えようとはしない。夕暮れ時の境内がしんと不気味に静まりかえり、そして、その数秒後。

ふいに、よく通る声が響き渡った。

「竜神の怒りは皆さんが仕掛けた人為的なトリックであり、証拠写真など撮れるはずもないから。そうですね、皆さん？」

淡々とした問いかけとともに本堂の陰から現れたのは、長い髪を後ろで縛り、痩身に着物を纏った青年——飛鳥だった。

飛鳥は、どこから持ってきたのか、使い込まれた映写機を抱えていた。その姿を見るなり、村の面々は目を見張り、言葉を失った。緊張感のある沈黙が満ちる中、映写機を抱えた飛鳥は一同に歩み寄り、眉をひそめる瑛吉に声を掛けた。

「遅くなりましたが、ただいま戻りました」

「いや、早いだろ。帰りは夜になるって言ってたのに」

「すみません、あれは嘘です。実を言うと、朝の間は出かけたふりをして、村で証拠を探していました。瑛吉さんには皆さんの目を引き付けるための囮《おとり》になってもらっていたんです。ああ、出かけたのは本当ですよ？　少し、裏付けを取りたいことがあったので……。でも、おかげで確かめられました」

「確かめたって何を？　いや、それより、竜神の怒りは人為的なトリックってどういうことだ？　その映写機と関係があるのか？」

「ええ。これは村のとある空き家で見つけたものですが、同じ場所には、テープレコーダーにスピーカーにケーブル、バッテリーにスクリーンなど、竜神の怒りを再現するのに必要なものが一通り揃っていました。数が多いので、全部は持ってこられませんでしたが」

　そう言って苦笑した飛鳥は、黙ったままの啼竜たちに向き直って「僕の考えを説明させていただいても？」と尋ねた。啼竜たちは答えなかったが、その沈黙を肯定と受け取ったのだろう、飛鳥はうなずき、映写機に視線を戻した。

「僕と瑛吉さんは昨夜、竜神の声を聞き、窓越しにその姿を目撃しました。あの鳴き声は屋外に仕掛けたスピーカーから流したもので、竜神の目や首は映像だったと僕は考えています。格子窓の外に薄いスクリーンを立てて、この映写機を使い、映像を投影したんです」

「映像……？　じゃあ、あれは映画だったのか……？」

「そうです。これは怪獣映画や災害映画で使われる技法です。大災害や巨大怪獣との邂逅など、普通には撮れないシーンを撮影する際、まず、模型を使って災害や怪獣だけを撮り、その映像を薄いスクリーンの後ろから映写するんです。そして、役者がその前で演技をすると——」

「怪獣や災害を目の当たりにする人が撮れる……！」

「そういうことです。昨夜の竜神は薄く光っていたでしょう？」

「確かに……！　あれは映写機の光だったってことか」

「でしょうね。全身像をじっくり観察できていれば、あれが平面に投影された映像だと気付けたでしょうが、目や口元のアップや、一瞬で通り過ぎる長い胴体だけでは、驚きが先行してしまい、違和感に気付けません。戸がなかなか開かなかったのは、外で誰かが押さえていたからでしょう。すぐに飛び出されてしまっては、竜がどこにもいないと気付かれてしまいますから」

「なるほど……。上手いこと考えたもんだな」

「同感です。とは言え、僕はあれを見た時、本物ではないと予想してはいたのですけどね。声や外観は確かにそれらしかったですが、あれからは匂いがしませんでした。生物である以上、固有の匂いは付き物です。あれだけ大きいものがあんなに近くにいたのなら、何かしら、嗅ぎ慣れない匂いがするはずでしょう？」

映写機を掲げた飛鳥がそう言うなり、反対グループの代表格の稲垣は「あ……」と唸って歯噛みした。他の面々も悔しそうに頭を振ったり顔を覆ったりしており、その反応を見る限り、飛鳥の言葉は真実のようだ。

瑛吉は、まんまと騙されてしまった自分の浅はかさを恥じた。

「にしても、よくできたな、こんな方法。口で言うのは簡単だけど、模型を作ってそれらしく撮影するのも素人には難しいだろうに」

「実際、素人ではないんでしょうね。戦後間もなくして全国的に行われた、地方から都市部への集団就職では、この雨田集落からも何人もの少年少女が東京へ出ており、映画会社に勤めた方もいたようです。当時の映画業界は右肩上がりで、求人も多かったようですからね。そして、その中には、しばらく東京で働いた後、故郷へと戻った方もいる……。たとえばあなたです、曲谷重吉《しげきち》さん」

ふいに飛鳥が、反対グループ内の最年長者である初老の男性の名を呼んだ。名前を呼ばれた曲谷ははっと驚き、大きな溜息を吐いた。

「よく調べなすっただな……。さすがは東京の記者さんだ。どこで確かめただ？」

「あの時代の集団就職には行政も大きく関わっていましたからね。町役場で古い広報紙を見せてもらったところ、案の定、集団就職者の氏名に出身地に年齢、就職先までが、事細かに、なおかつ誇らしげに書かれていましたよ」

「なるほど……。つまりこの曲谷さんはそういう撮影の経験者で、この方を中心に、皆さんが総出で竜神が出たように見せかけた――と、そういうことですかね？」

瑛吉が一同を見回して問いかけると、反対グループの面々は揃って首を縦に振った。仲間たちを代表するように啼竜が口を開く。

「……最初は、視察に来た県事務所や工事会社の方たちを脅かすためだったのです。考え直していただくきっかけになればと思いまして。そして、思いのほか、上手く行きはしたのですが……」

「連中、あれだけ怯えたくせに、なかったことにしやがった」

「見間違いだ、勘違いだ、そんなことはあるはずがないってな。なあ、和尚さん」

「拙僧もよく覚えています。結局、今の時代、昔ながらの伝承は通じないということなのでしょうね……。だから我々は諦めかけていたのですが、そこに来られたのがあなた方でした。竜神様の怒りを取材に来たと聞いた時、拙僧は……いや、拙僧たちは、もう一度だけ竜神様を出そうと決意しました。あなた方ならば、この村のことを広めてくれるに違いない、と」

「はい？　いや、昨日も言いましたよね？　俺たちの書いてる雑誌には、ほとんど影響力なんか……」

「伺いました。ですが、拙僧も昨日申し上げたはずです。大事なのは可能性を残すことだと」

困惑する瑛吉を啼竜がまっすぐ見返し、反論する。瑛吉が気圧されて押し黙ると、啼竜は境内でうなだれる村人たちを見回し、飛鳥と瑛吉に向き直って苦笑した。

「もっとも、真相が発覚してしまった以上、その目論見もあえなく潰えたわけですが……。かくなる上は、どれだけ悪し様に書かれようとも覚悟はしています」

「そこはご安心を。あなた方を責め立てるつもりも、真相を書き立てるつもりもありません。僕が求めているのはあくまで非現実的で突飛な事件ですから、竜神が出たというのなら――少なくとも、そうとしか思えない現象が起こったのなら――、そう書くだけですよ。瑛吉さんもいいですか？」

「……ああ。俺もそうしてほしい。昨夜は本気で驚いたし、正直、啼竜さんたちの気持ちも分かるから――って、いや待った！」

しんみりした空気を振り払うように、瑛吉は大きな声を発した。先ほど村人たちに見せたフィルムの入ったケースを掲げ、「待ってください！」と繰り返す。

「窓から見えた竜神や声がトリックだったってのは分かりました。でも、じゃあ、これは何なんです……？　昨夜、俺が撮った長い首は――」

「それは拙僧たちにも分からないのです」

落ち着いた声で応じたのは啼竜だった。戸惑った瑛吉が「分からない？」と問い返すと、啼竜は念を押すようにうなずき、仲間たちと視線を交わして続けた。

「拙僧たちは、そのようなものを写させるための仕掛けはしておりません。そもそも、どうすれば実現できるのかすら存じません。だからこそ驚いたのです」

「そういうことだ。だがまあ、落ち着いて考えてみりゃあ、フィルムってのは光の加減次第で、ありもしねえものを平気で写しやがるからなあ……。わしも撮影所で何度も経験しただよ。だからそれは、もしかしたら竜神様のお姿なのかもしれねえし、夜霧か雲に何かの影が映っただけかもしれねえ。本当のところは誰にも分からねえんだ。確かめようがねえからな」

啼竜の後を受けた曲谷が淡々と続ける。映画撮影に携わったことのある経験者にそう言われてしまうと、若手の瑛吉としては反論しようもない。困った瑛吉は飛鳥に「そうなのか？」と助言を求めたが、飛鳥は困ったように苦笑した。

「僕の意見も皆さんと同じです。昨夜、外に出た際、何らかの稀薄な気配を感じたのは確かなんですよ。だからこそ撮影をお願いしたのですが、気配は一瞬で、あれが何だったのかを確かめる時間はありませんでした。そもそも山は人ならざるものたちの気に満ちた場所で、瑛吉さんのカメラはそういう気配に敏感になっているわけでしょう？　ですから、そのフィルムが何を写したものなのかは——」

「分からないってことか」

「そういうことですね」

申し訳なさそうに肩をすくめた後、飛鳥は神妙な顔つきになって啼竜たちに向き直った。日暮れ時の境内に、飛鳥の抑えた声が響く。

「実は、急いで帰ってきたのには理由があるのです。役場で知ったのですが、ダム工事の着工が来週に決定したそうです。今日付けの告示が貼り出されていました」

飛鳥がそう言うなり、村人たちの顔色が一変した。啼竜が「何と……！」と唸って顔を伏せ、反対グループの面々が苛立った声をあげる。

「昨日、まだ日程は決まってねえって言ったくせに……！」

「不意打ちでねえか！　それも来週だなんて」

「記者さん、それは本当だか？」

「間違いありません。念のため、県事務所まで行って担当課に確かめてきました。雨田の竜神伝承は貴重な文化である可能性があるので、時間を掛けて調査した方がいいとも進言したのですが、所詮、胡散臭い雑誌のアルバイト記者の言うことですからね……。全く相手にしてもらえませんでした。お力になれず、申し訳ありません」

「……頭を上げてくだせえ、記者さん。その気持ちだけで充分だ」

反対グループのリーダー格である稲垣が頭を下げた飛鳥に語りかける。境内に満ちる痛ましい空気に、瑛吉が言葉を掛けられないでいると、啼竜は仲間たちを見回し、残念そうに口を開いた。

「遅かれ早かれ、こうなることは予想できていましたが……しかし、思い出してください、皆さん。竜を知ろうとしない者は、いずれ大きな罰を受けるということを」

「……ああ、そうだな」

「いい気味だべ」

啼竜の意味ありげな言葉を受け、村人たちがうなずき合う。

大きな罰とは何のことだと瑛吉は疑問を覚えたが、結局、何も言わないでおいた。今は、部外者である自分が口を挟むべきタイミングではないと思ったからだ。

瑛吉が黙って見守る先で、啼竜は飛鳥に向き直り、両手を合わせて一礼した。

「ありがとうございます。この小さな村に共感してくださったこと、工事を止めるよう動いてくださったことに、皆を代表してお礼を申し上げます」

「えっ？　ですが、僕は何の役にも……」

「結果ではありません。お気持ちが何よりありがたいのです。尊いのです。礼と言っては何ですが、拙僧たちにできることがあれば仰ってください」

謙遜した飛鳥に啼竜が落ち着いた声で語りかけ、村人たちが「自分たちも同じ意見だ」と言うようにうなずく。それを見回した飛鳥は、少しだけ思案した後、口を開いてこう告げた。

「では、奥の院の中を見せてください」

＊＊＊

啼竜は飛鳥の申し出を受け入れたが、その日はもう遅かったので、奥の院の拝観は翌日ということになった。

次の日、飛鳥と瑛吉は啼竜に伴われ、村外れの谷川の対岸へと赴いた。

崖の上から絶壁に沿ってジグザグの回廊が設けられており、奥の院の入り口はその先にある。拝観を許可されたのは飛鳥だけなので、瑛吉は回廊の入り口で待つことにした。

岸壁の上からは、谷川の向こう岸にある雨田集落が――静かで、のどかで、もうすぐダムに沈んで消えることになる共同体が――見下ろせる。

編集長が欲しがっているのはこういう写真ではないと分かってはいたが、それでも瑛吉は村の風景を何枚も撮った。

やがて半時間ほど経った頃、飛鳥は啼竜とともに戻ってきたが、その顔色に瑛吉は驚いた。

飛鳥の顔は真っ青だったのだ。

「あ、飛鳥!?　どうしたんだ!?　そんな顔初めて見るけど、体調悪いのか?」

「大丈夫です。すみません。ただ、少し……ああ、いや、『少し』ではないですね……驚いてしまって……」

岸壁の回廊を見返しながら飛鳥が冷や汗を拭う。よほど予想外のものを見たらしい。瑛吉は思わず「奥の院の中に何が」と尋ねたが、飛鳥が何かを言うより先に啼竜が首を横に振った。

「申し訳ございませんが、それをお伝えするわけには参りません。どうか、くれぐれも口外はなさいませんように」

「分かっています。そういう約束ですからね……。ところで啼竜さん、一つお尋ねしたいのですが……あれは反対グループの方たちもご存じなんでしょうか」

「……ええ。皆、知っております」

「そうだったのですか……。ならばつまり、これは一種の仕返し——意趣返しということですか？」

　青ざめた顔のままで飛鳥が問いかける。飛鳥と瑛吉が見つめる先で、啼竜はまず奥の院に、続いて対岸の故郷に目をやった後、重々しくうなずいた。

「そう理解していただいても結構です」


　取材はとりあえず終わったが、瑛吉と飛鳥はダム工事が着工される日まで雨田集落に残ることにした。奥の院の最後を見届けるためである。

　奥の院への発破の配置は、事前の取り決め通りに啼竜によって行われ、後は爆破を待つばかりとなった。

　奥の院を見上げる竜王川の対岸には工事関係者と反対グループの面々が並び、啼竜、飛鳥と瑛吉もその中にいた。

　世間的には大したニュースではないと見なされているのだろう、報道関係者はメモ帳を手にした地元記者くらいで、カメラの類は見当たらない。

「瑛吉さんがこの場で唯一の写真のプロですね。決定的瞬間、期待していますよ」

「プレッシャー掛けないでくれよ。頑張るけどさ」

　にこやかに微笑む飛鳥にぎこちない声で応じ、瑛吉はカメラを構え直した。

　やがて爆破時刻が来ると、工事業者の「行きまーす。三、二、一」という雑なカウントダウンとともに、スイッチが押し込まれた。

ドゴオオオオオオオオン……！　と爆音が轟き、岸壁に貼り付いていた奥の院が弾け飛ぶ。建材がバラバラになって吹き飛ぶ瞬間を狙って、瑛吉はすかさずシャッターを切り——そして、「えっ」と声を漏らしていた。

「今のは……」

シャッターを切った一瞬後、ズームにしたファインダー越しに、粉塵と瓦礫が舞い散る中に、岸壁の断層に埋まった何かが見えた気がしたのだ。

数メートルはある長い首に、その先端の小さな頭。

立派な背骨と無数の肋骨、堂々とした太い脚……。

異様に巨大な動物の骨にしか見えないそれは、いともあっけなく、奥の院や岸壁とともに砕け散った。

原形を留めない破片が眼下の谷にバラバラと落ちていき、それを見届けた工事関係者たちは、やれやれと一息を吐いて次の現場に向かっていく。そんな中、瑛吉はカメラを下ろし、茫然とした顔で目を瞬いた。

そんなことはありえないとは分かっている。

あんなものがこの日本に存在するはずがないことも知っている。

だが、今、一瞬だけ、ファインダー越しに見えたのは——。

「恐竜の……化石……？」

「瑛吉さんには見えましたか。そうです。大型の竜脚類の全身化石です」

瑛吉が思わず漏らした声に隣にいた飛鳥が小声で応じる。はっと視線を向けた先で、飛鳥は砕けた岸壁を見据えたまま、淡々と言葉を重ねた。

「竜脚類は巨大な体と長い首が特徴のグループで、アパトサウルスやブラキオサウルスなどが知られています。この雨田集落の竜神信仰は、大雨の日にあの断崖に竜神が現れたことに端を発すると聞きましたが、これは、大雨で断層の表面が洗い流され、化石が出土したことを意味しているのではないでしょうか。寺の虹梁に彫られていた竜神の姿が一般的なそれとは違ったのも、化石を参考にしたから」

「なるほど……！　化石も恐竜も知らない時代にあんなものが出てきたら、そりゃ竜神だと思うよな……。だから、それを守るために奥の院を作った……？」

「だと思います。そう考えれば、啼竜さんが大学で地質学や古生物学を学ばれたことも辻褄が合う」

「自分の実家に伝わってたものの正体を詳しく知るためか……！　いや、でも、大型の恐竜の化石って日本では出ないんじゃなかったのか？」

大きく息を呑んだ後、瑛吉はひそひそ声で反論した。飛鳥がうなずく。

「そうです。ですがそれはあくまで、これまでの研究成果に基づいた知見に過ぎません。奥の院に隠されていたのは、学会の定説をひっくり返す大発見だったというわけです。僕もまさか、あんなものが隠されているとは夢にも思わず……」

「だからあんなに動揺してたのか……。と言うか、それだけの大発見だったなら、公表してたら工事は止まったんじゃないのか？」

編集長の言葉ではないが、恐竜や怪獣は今ブームだし、学術的な需要もある。瑛吉は眉をひそめて訝しんだが、そこに「仰る通りでしょう」と落ち着いた声が割り込んだ。啼竜である。

二人の会話を聞いていたのだろう、奥の院を預かる善如堂の当代の住職の顔には達成感と悲壮感が満ちており、それを見た瑛吉は先日のあの言葉の意味を理解した。

「――ああ、そうか。これが『大きな罰』……。啼竜さんたちなりの『意趣返し』ってことですか」

「はい。この村には学術的に価値があるものが存在している可能性があるから工事を止めて調べてくれと、拙僧らは再三要求してきました。工事業者や県の方たちが、奥の院を見せてくれと言ってこられたら、お見せするつもりもありました。……しかし、そうはなりませんでした。田舎の村の古臭い不要な施設と決めつけるから、こういうことになるのです」

そこで一旦言葉を区切り、啼竜は目を閉じて手を合わせた。

「これで日本の古生物学の発展は十年……いや、数十年は遅れることになるでしょう。ですが、それも相応の報いです」

嘆息した啼竜は、跡形もなく砕け散った奥の院と岸壁を寂しく見やった。

この一件の数年後、福島県で、体長六メートルあまりの水棲爬虫類・フタバスズキリュウの化石が発見され、「日本では中生代の大型動物の化石は出ない」という定説は覆される。だが、その後もしばらく大型恐竜が発見されることはなく、やはり日本では大きな恐竜の化石は出ないのではないか、という見方は長らく支配的であった。日本で大型恐竜の化石が発見され、その研究が進むのは、この物語の時代から数十年後、二十世紀も終わりに近づいた頃になってからのことである。

＊＊＊

瑛吉にとって色々と意外なものを見聞きすることになった取材は、こうして幕を閉じたのだが、帰路の電車の中で瑛吉はまたも驚くこととなった。

今回の唯一の収穫といってもいい、竜神らしきものが長い首を持ち上げた影を捉えたフィルム。そのフィルムから、竜神の姿だけが消えていたのだ。

「嘘だろ⁉」と悲観する瑛吉を見て、ボックス席の向かい側の飛鳥が苦笑する。

「おそらく、瑛吉さんが撮影したのは、奥の院の竜神様の……つまり、化石となった恐竜の霊だったのでしょうね。ご存じの通り、瑛吉さんのカメラは霊的な存在に対して敏感になっていますからね」

「恐竜の幽霊が映ったってことか……？　でも、恐竜の霊ってピンと来ないな」

「樹齢数百年の大樹や死後百年余りの獣が神性を帯び、神や精霊になることはままあります。百年単位でそうなるのですから、数千万年の歴史を持ち、しかも竜神として崇められていた化石なら、一種の神格を得ても、全く不思議ではありませんよ」

「まあ、古さで言えばそこらの妖怪や神様と比べても桁違いだもんなあ。じゃあ、今になって消えたのは？」

「相手の霊格を写し取る行為は一種の呪術であり、呪術で写し取られた姿というものは、基本的に本体と連動するんです。本体たる化石が破壊されてしまったので、その写し絵も消えたのでしょうね」

「な、なるほど……。今度こそ編集長の鼻を明かせると思ったんだけどな……」

釈然としない気持ちもあるが、拝み屋にそう言われてしまえば素人としては納得するより他にない。

大きな溜息を落とした瑛吉は車窓に目をやり、ふと、あの恐竜——竜神の魂は、最後は安らかに逝けただろうか、と思った。

第四話

現代の桃源郷？
謎めく隠れ里の湯治場を訪ねて

瑛吉の借りているアパートは、国鉄の神田駅を降りて徒歩十五分、老舗の金物問屋の脇から裏通りに入って路地を歩いた先にある。

築二十年弱の木造二階建てで、部屋は四畳半一間に押入付き、台所と洗面所とトイレは共用で風呂は無し。瑛吉が借りているのはそんな物件の一階の突き当たり、共用炊事場の向かい側の部屋であった。

朝夕がめっきり冷え込むようになり、冬の訪れが近づいたある日の昼下がり、瑛吉が部屋の掃除をしていると、ドアが軽くノックされ、「失礼します」と聞き慣れた声が響いた。「どうぞ」と応じた瑛吉がドアを引き開けると、廊下に立っていたのは、大きな買い物袋を提げた和装の青年と、水色のワンピース姿の小柄な少女の二人連れだった。飛鳥と恵美である。

「こんにちは、お邪魔します」

「お邪魔いたします。本日は、お招きいただきありがとうございます」

飛鳥の気さくな挨拶に続き、恵美が礼儀正しく頭を下げる。

この日、飛鳥たちが瑛吉宅を訪ねることになったのは、先日の取材がまたも空振りに終わった後、飛鳥を駅に迎えに来ていた恵美を交えて三人で食事をした際の会話がきっかけだった。

閉鎖的な村落で生贄要員として育てられ、今は資産家の夫人の邸宅に飛鳥とともに下宿している恵美が「東京のアパート」というものに興味を示し、瑛吉が「じゃあ一度見に来る？　飯でも食おうよ」と持ち掛けたのだ。

「まあどうぞ。この部屋、すぐに分かった？」

「玄関ですれ違った方に教えていただきました。不思議なものを見るような目を向けられましたが……」

「あー。ここ、飛鳥や恵美ちゃんみたいな人が来るのは珍しいからな」

若手の噺家のような佇まいの青年も、清楚なご令嬢のような少女も、安アパートではまず見かけない人種ではある。

「住んでるのは貧乏人ばっかりだけどさ、悪いやつはいないから。持ちつ持たれつでやってるし……。狭くて汚いところだけど、適当に座って」

瑛吉がそう言って促すと、飛鳥は「どうも」とうなずいて卓袱台《ちゃぶだい》近くに腰を下ろしたが、恵美は部屋の入り口近くで立ち止まったまま四畳半を見回した。

折り畳み式の小さな卓袱台には、布巾を被せた僅かな食器と魔法瓶が並び、部屋の隅には雑誌類や写真撮影のマニュアル本が積み上げられている。床から二メートルほどの高さには物干し用の紐が数本張り渡され、僅かな着替えは畳んで段ボール箱に押し込まれ、窓際には畳まれた布団。棚代わりの木箱には愛機のカメラが収まり、木箱の上には古いラジオがあるがテレビは見当たらず、磨りガラスの嵌まった窓の鍵は古式ゆかしいネジ式だ。

生活感の染みついたその部屋を、恵美は物珍しそうに眺め回し、しみじみと感極まった声を発した。

「まさに『安下宿』という感じですね……！　ご本やテレビで見た通りです」

「恵美さん。その言い方はちょっと」

飛鳥が苦笑いでたしなめたが、瑛吉は「別にいいよ、事実だし」と受け流した。

「でも安い割にはいいところなんだ。共用の台所には電気冷蔵庫があるし、遅くまでやってる風呂屋も近いし……。何より、この部屋は水道が近いから助かってる」

「水道？　瑛吉さん、お水をよく飲まれるのですか？」

「飲むんじゃなくて現像用。写真の現像には水が要るから」

恵美の問いに答えながら瑛吉は押入を引き開けた。中段の板が外された押入は現像室となっており、引き伸ばし機を据え付けた作業台を中心に、いくつものプラスチック製トレイや現像液のタンクなどがごちゃごちゃと並んでいる。暗室を覗いた恵美は「秘密基地みたいですね！」と目を見張り、飛鳥も感心するように目を細めた。

「これは本格的ですね……。ということは、この物干し紐は洗濯用ではなく写真用ですか？」

「ああ。洗濯物もたまに干すけど、基本は写真を乾かすのに使ってる。写真の仕事がなかった時は、バイト代わりに現像を請け負って稼いでたからな」

頭上に張られた無数の紐を見ながら瑛吉が答える。瑛吉が「最近は取材で家を空けがちだから、頼まれても断ることも多いけど」と言い足すと、飛鳥は申し訳なさそうに肩をすくめた。


部屋の観察と批評が終わった後、三人は共用の台所に移動して夕食を作った。恵美が選んだメニューはハンバーグにミックスサラダにポタージュスープという洋風なもので、煮しめや佃煮を予想していた瑛吉を驚かせた。

「どこで習ったんだ、そういうの。地元？」

「東京に来てからですよ？　お屋敷の大家さんに教えていただいたんです」

「うちの下宿の家主さん、こういうのお好きですからね」

手際よくサラダを作っていた飛鳥が恵美の答えを補足し、それを受けた恵美が「先日、免許皆伝をいただきました」と胸を張る。

実際、来客の二人が――主に恵美が――手掛けた献立は、見た目も量も申し分のないものであり、味噌汁と野菜炒めくらいしかレパートリーがなく、出来合いの総菜に頼りがちな瑛吉は食べる前に負けを認めた。

飛鳥が瓶ビールも持参していたので、瑛吉は飛鳥とグラス片手に乾杯し、その上で、恵美の作ったデミグラスソースを一嘗めして丁寧な味付けに驚いた。無言のまま目を丸くする瑛吉に、恵美が身を乗り出して問いかける。

「どうですか?」

「ええと……大変上品なお味です。びっくりした」

「ありがとうございます! 飛鳥さんは、あんまり褒めてくれないんですよ。『ほう、いいですね』とか言うくらいで」

「そうなの? それは良くないぞ飛鳥」

「そうですよ飛鳥さん」

「すみません。僕、目の前の相手を堂々と褒めるのは苦手なんですよ」

瑛吉と恵美に揃って睨まれた飛鳥が困ったように苦笑する。シャイなやつめと瑛吉は呆れた。


食事がなごやかに終わると、まったりとした空気の中、恵美は部屋の隅に積まれた雑誌の山に目を向けた。カメラ雑誌が大半だが、大判のグラフ誌やゴシップ誌も交じっている。

「拝見していいですか？」

「どうぞどうぞ。見られて困るようなものはなかったと思うし」

瑛吉が促すと、恵美は海外の山岳写真を扱ったグラフ誌を手に取って読み始めた。それに釣られて瑛吉の蔵書に目を向けた飛鳥が「幅広く読まれるんですね」と感心し、褒められた瑛吉が面映ゆそうに眉をひそめる。

「雑誌の仕事をやるようになると、自分の写真のつまらなさが分かってきてさ……。参考にしようと思って色々見てるんだ。身になってるかは分からないけど」

自嘲気味に嘆息しながら瑛吉は適当なゴシップ誌を取り、「この連載とか、飛鳥は面白いかもな」と誌面を開いて卓袱台に置いた。開かれたページには、「本誌独占集中連載！　政財界の重鎮たちが頼る謎の大物占い師《艮御前《うしとらごぜん》》の正体を追う　第四回」という仰々しい見出しの脇に、「ルポライター・佐々木力《ささきつとむ》」と記者の名前が記されている。

興味を持ったのか、飛鳥は持っていたグラスを置き、腕組みをして誌面を見た。

「謎の占い師ですか……。艮は北東のことですが、これは不吉なものが来たる方角、いわゆる鬼門《きもん》を示します。『艮御前』とは、また不穏な名を付けたものですね」

「そんなことも記事に書いてあったな。と言うか、拝み屋さんとしては占い師ってどうなんだ？　やっぱり同業者みたいな感じなのか？」

「近いと言えば近いですが、相反する存在ですね。占い師は見えないものを見通して進言するのが仕事で、不動の真理なり未来なりの存在が前提になっているんですが、拝み屋は現実に働きかけて変化を誘発するわけですから。ところでこの記事、占い師の正体が分からないまま『続く』になっているんですが、この後は？」

「載ってなかった。その連載はそこで尻切れトンボなんだよ。どこかから圧力がかかったのか、単に人気がなかったのか、それともネタがなかったのか……」

「明日は我が身ですねえ」

瑛吉の他人事のような感想を受け、飛鳥が肩をすくめてみせる。ジャンルは違っても、同じく連載記事を抱えている身として思うところがあったようだ。「確かに」と相槌を打つ瑛吉の前で、飛鳥は手元の週刊誌をめくっていたが、ふと、原発問題を扱った頁《ページ》で手を止めた。数千年、数万年も放射能を出し続ける核廃棄物の処理の難しさを取り上げた誌面を見て、飛鳥が神妙な顔になる。

「飛鳥、そういう話題にも関心があるのか？」

「……残り続けてしまうものというのは、厄介ですよね」

瑛吉の問いに、答えになっているようななっていないような言葉を返し、飛鳥は更に眉根を寄せた。たまに飛鳥が見せる真剣な表情を前に、瑛吉は言葉を掛けられなかったが、そこに恵美が口を挟んだ。

「飛鳥さん。また怖い顔になってます」

「えっ？　ああ、失礼しました」

恵美の指摘を受けるなり、飛鳥の眉間がふっと緩み、普段の微笑が戻る。兄妹のような気のおけないやりとりは微笑ましかったが、「また」ということは、家でも飛鳥がこうなることはあるようだ。基本的に柔和で気さくな飛鳥が稀にこういう表情を見せることは瑛吉も知っているが、その理由は未だ教えてもらっていない。

瑛吉は数秒間思案し、なあ、と抑えた声を発した。

「飛鳥。ちょっと聞いていいか」

「何です、改まって」

「答えにくいことなら答えなくていいけど……飛鳥は、何を探してるんだ？　取材に行くとよく『外れだった』って言うだろ。ってことは、『当たり』を探してるんだよな？　飛鳥の『当たり』って何なんだ？　何であんな取材を続けてるんだ？」

最初の取材以来抱えていた疑問を、瑛吉はようやく口にしていた。

恵美も同じことが気になっていたようで、姿勢を正して「私も知りたいです」と飛鳥を見る。

どうせはぐらかされるに違いないと瑛吉は確信しており、だからこそ聞くことができたのだが、飛鳥の反応は予想外のものだった。二人に見つめられた飛鳥は、グラスに残っていたビールを飲み干した上でこう言ったのだ。

「――僕には、命の恩人の先生がいます。先生は、僕を一端の拝み屋として鍛えてくれた方ですが、その寿命はもうすぐ尽きようとしています。僕はそれを止めたいんです。つまり、先生の命を終わらせようとしているもの――それこそが、僕にとっての『当たり』です」

いつも通りに穏和で、いつもより少し弱々しい声が安アパートの四畳半に響き、それを聞いた瑛吉は驚いた。まさか答えてもらえるとは思っていなかったのだ。

と、飛鳥は気恥ずかしそうに肩をすくめ薄赤い顔で立ち上がった。

「柄にもなく酔ってしまったようですね……。口が軽くなってしまいました。すみませんが、お手洗いをお借りしても？」

「ああ、トイレなら玄関の脇だ」

「ありがとうございます」

軽く会釈をした飛鳥がいそいそと瑛吉の部屋を後にする。残された瑛吉と恵美は、どちらからともなく顔を見合わせた。

座ったまま瑛吉ににじり寄った恵美が、「聞きました？」と瑛吉を見上げる。

「まさか教えてくれるなんて……！」

「俺もびっくりしたよ。絶対受け流されると思ってたから。ってことは、今の話は恵美ちゃんも初耳だったのか？」

「はい……！　拝み屋の先生がいらっしゃったことだけは伺っていましたが、寿命が尽きかけているなんてお話は初めて聞きました。その先生は結構なお年寄りということでしょうか？」

「寿命ってことはまあ、そうだろうなあ……。先生ってどういう人なんだ？」

「私も詳しいことまでは……。ただ、最近の飛鳥さんは焦っています」

恵美が神妙な顔になった。「焦っている？」と瑛吉に問われた恵美がうなずき、言葉を重ねる。

「飛鳥さん、以前は取材のない日は大学で講義を受けておられて、その日に習ったことを夕食の時に教えてくださっていたんです。ですが、最近は大学に行っても、調べ物のために図書館に籠もりきりのようで……」

「先生のために何かを調べてるってことか？」

「だと思います。瑛吉さんこそ、何かご存じありませんか？」

「いや、特に……。と言うか、恵美ちゃんが知らないことは俺も知らないだろ。何せ、そっちは一緒に住んでるんだから」

瑛吉が肩をすくめて苦笑すると、それを聞いた恵美は「そんなことはないと思います」と言い切った。

「飛鳥さん、お屋敷では、よく瑛吉さんの話をされるんですよ？　それも、とても親しげなお顔で……。私は、昔の飛鳥さんを存じ上げませんけれど、お屋敷の大家さんも、飛鳥さんはお友達ができてから明るくなったと仰っています」

「え。友達って俺のこと――だよな、話の流れ的に。そうなんだ……」

瑛吉が意外そうに目を丸くする。と、恵美はその瑛吉の反応こそ意外だったようで、まず整った眉をひそめ、続いて、不安そうに胸元に手を当てた。

「もしかして……瑛吉さんは飛鳥さんをお友達だと思っておられないのですか？　単なる仕事仲間であり、金蔓《かねづる》でしかないと？　それはあんまりです！　お屋敷では、飛鳥さんは瑛吉さんのことをお友達と言っているんですよ!?」

「はい？　いや違う違う！　俺もあいつは友達だと思ってるよ。そうじゃなかったら、こんな風に呼んだりしないし……。ただ、俺の知ってる飛鳥って底知れないやつだから、どんな相手も知り合い止まりで、友人なんていないんだろうって思ってたんだ」

「あっ。それ、ちょっと分かります」

「だろ？　だから、あいつが恩師の先生のことを思ってるってのも、俺のことを友人と思ってくれてたのも、どっちも意外で……」

飛鳥の出て行ったドアを見やりながら、瑛吉がしみじみと語る。それを見た恵美は、瑛吉を励ますようににっこりと微笑んだ。

「大丈夫です。お二人はいいコンビですよ」

「いいコンビ……？」

「えっ？　私、何かおかしなことを言いましたか？　確か、二人組のことを『コンビ』と言うのですよね」

「いや、そこは間違ってないよ。いいコンビかなあと思っただけで」

「そうですよ。私が保証します」

「それはどうも」

力強い断言に瑛吉は頭を掻いて応じ、改めて恵美の笑顔に見入った。

五淵が村で出会った時の、大人びて陰のある雰囲気と比べると、今の恵美は明るく強くたくましい。おそらくこっちが本当の恵美なのだろうな……と、瑛吉が感慨深くなっていると、恵美はきょとんと首を傾げた。

「どうかなさいました？　私の顔に何か付いていますか？」

「いや、恵美ちゃん元気になったなと思ってさ。今もずっとお屋敷の手伝いを？」

「はい！　飛鳥さんからは、そろそろ東京の生活にも慣れたようだから、学校に通ってはどうだとご提案いただいているのですが……」

「『ですが』ってことは、他にやりたいことが？」

「はい。飛鳥さんにはお話ししたのですが――私、拝み屋になりたいんです」

正座して背筋を伸ばした恵美が力強く宣言する。まっすぐな語気と強い眼差しに瑛吉は気圧され、なるほど、とだけうなずいた。意外な夢ではあったが、恵美は拝み屋のおかげで命を拾ったのだから、憧れる気持ちも理解できる。

「で、それを聞いて飛鳥は何て言ったんだ」

「断られてしまいました。『僕には人を育てる技能も経験もありませんから』と……。先生のことを伺ったのもその時です。その方に紹介していただけないかとお願いしているのですが……」

そこで恵美は言葉を区切り、思い出したようにドアに顔を向けた。

「それにしても飛鳥さん、遅いですね。ここのお手洗いはそんなに遠いのですか？　それとも、いつも混んでいるとか」

「そんなことはないけど、確かに遅いな。あいつ、何やってるんだろう」

首を捻った瑛吉は腰を上げ、ドアを開けて廊下を覗いた。

と、まっすぐな廊下の突き当たりの玄関口に、和装の青年のシルエットが立っていた。間違いなく飛鳥である。

どうやら外出していたらしいが、しかし一体何のために？　瑛吉と、その隣に並んで廊下を覗いた恵美が眉をひそめて顔を見交わしていると、歩み寄ってきた飛鳥が二人に気付いて足を止めた。

「おや。お二人揃ってどうされたのです？」

「どうされたのですはこっちの台詞だよ。なかなか帰ってこないと思ったら、外で何してたんだ」

「これは失敬。実は、少し、不穏な気配を感じましてね。念のため、ここの周囲をぐるっと回ってきたのです」

「不穏な気配……？　何かあったのですか、飛鳥さん」

「いいえ、特に何も。どうやら気のせいだったようです。拝み屋などをやっていると、心配性になっていけませんねえ」

　そう言って部屋に入ってきた飛鳥は、さっきと同じように卓袱台の傍に腰を下ろし、懐から一枚の札を取り出した。

　札は丈夫な和紙製で、大きさは短冊くらい。表面には、瑛吉には読めない漢字の列と、三角形を描くように並んだ三つの目玉の図案が縦に三つ、つまり合計九つの目玉模様が墨書されている。奇妙な意匠の描かれたその札を、飛鳥は瑛吉に向かって差し出した。

「使い捨て式の除災の護符です。念のため瑛吉さんにお渡ししておきます」

「あ、ありがとう……って、それ、俺に近々何かあるってことか……？」

「あくまで念のためです。僕は拝み屋であって占い師ではありませんから、先のことは分かりません。ただ、質の悪い何かがこちらを狙っているような、実に嫌な気配がしたのは確かですから」

「『何か』と言うと？」

不安な顔で尋ねたのは恵美だった。そこまでは分かりませんと飛鳥が苦笑する。

「誰かの強力な怨念か、あるいは人ならざるものか……。害意や敵意を有した何かとしか言いようがありません。僕を狙っているなら対応できますが、標的がこのあたりに住んでいる誰かである可能性もあります。ですので」

「なるほど。念のためってことか」

相槌を打ちつつ瑛吉は護符を手に取った。

正直なところ、怨念だの人ならざるものだのに狙われる心当たりはまるでないが、飛鳥が信用できる人間であることは知っている。瑛吉は「ありがとう。財布にでも入れとく」と礼を言い、改めて手元の護符を見た。

「この目玉がいっぱい並んでるのはどういう意味があるんだ？」

「僕の修めた流派のシンボルマークみたいなものですね。僕が拝み屋としての技能を使う際、指で三角形を三回描いているのはご存じですか？　あの動作は、三個の目玉が頂点となる三角形を三つ描くためのものなんです」

そう言って飛鳥は右手の人差し指を立て、中空に正三角形を描いてみせた。

＊＊＊

取りとめのない雑談はしばらく続いたが、やがて夜も更けると食事会はお開きになり、瑛吉は飛鳥と恵美を駅まで送った。仕事帰りの勤め人が行き交う改札口で、飛鳥と並んだ恵美が頭を下げる。

「今日はお招きいただきありがとうございました。とても楽しかったです！」

「いえいえ、何のお構いもできませんで……。でも、俺も楽しかったよ。飛鳥もありがとう」

「こちらこそ。では、次の取材が決まったら連絡しますね」

飛鳥が見慣れた微笑を浮かべ、恵美を促して歩き出す。育ちも仲も良い兄妹のような後ろ姿を瑛吉は見送り、踵《きびす》を返して自宅へ向かった。

大通りは車のヘッドライトや街灯のおかげで眩しく賑やかだが、アパートに通じる横道に入ると途端に暗く静かになる。

このへん、静かなのはともかくとして、切れた街灯は取り換えてくれないと、暗くて足もとが見えないんだよな。

そんなことを思いながら、ゴミ捨て場になっている角を曲がった時だった。

電柱の陰から人影が飛び出し、無言で瑛吉に飛びかかってきた。

「え!? なっ――」

面食らって思わず立ち止まってしまった直後、瑛吉は人影の体当たりを食らって路地に転がった。「いてっ!」と叫んで尻餅をついた瑛吉に、人影が――擦り切れたジャケットを羽織った大柄な中年男性が――馬乗りになり、瑛吉の首に手を伸ばす。

瑛吉の知らない顔のその男は、太い指で瑛吉の首をがっしりと摑み、ぎりぎりと力を込め始めた。

「ちょ……やめ……! あ、あんた、誰だ……!?」

瑛吉は必死に問いかけながら、喉を摑んだ手を引き離そうとしたが、男の力は凄まじく、振り解くことができない。苦悶する瑛吉の上で、男は嬉しそうな笑みを浮かべた。同時に、瑛吉の心に、自分のものではない誰かの感情が染み込んできた。

瑛吉の胸中に、やっとだ……これで後一歩だ……というどす黒い喜びがじわりじわりと広がっていき、それに連れて瑛吉の意識が薄れていく。

これはこいつの感情だ、と瑛吉は本能的に察した。

目の前の男の感情が、自分の意識を侵食してきている。そう気付いた瑛吉がぞっと青ざめた、その矢先。

「ギャワァアアアアアアアアッ！」

笑っていた男がふいに獣のような悲鳴をあげ、瑛吉から離れた。

意図的に距離を取ったのではなく、何かに弾かれたように勢いよく飛び退いた男が、受け身も取らずに路地に転がる。

「え？　な、何でだ……？」

解放された瑛吉が息を深く吸いつつ警戒しつつ見据える先で、男は恨めしそうに瑛吉を見返し、そして、ぐんと体をたわめて地面を蹴った。

チッ、という舌打ちとともに、大柄な体が道沿いの板塀の上まで跳ね上がる。

軽々と塀に飛び乗った男は、電柱を登って手近な建物の屋根へ飛び移り、そのまま姿を消してしまった。人間技とは思えない動きに瑛吉はぽかんと呆気に取られ、ややあって大きく眉をひそめた。

「助かったのはありがたいけど……あいつ、なんで急に逃げたんだ？　と言うか、あいつは何なんだ？　どう考えてもただの人間じゃ――って、あ！　もしかして！」

何かに気付いた瑛吉が、尻ポケットから愛用の薄い財布を取り出す。五百円札の間に突っ込んだ護符を確かめると、九つの目玉と読めない漢字が記されていたはずの護符は、案の定と言うべきか、無地の札に変わっていた。

――使い捨て式の除災の護符です。

つい先ほど聞いたばかりの飛鳥の声が脳裏に蘇る。瑛吉は飛鳥に深く感謝し、薄暗い路地の街灯の下で、真っ白になった護符を見つめた。

この護符のおかげで命拾いをしたようだが、それはつまり、あの男はただの暴漢やひったくりではなかったということだ。飛鳥の勘が正しかったということだ。

効力を失った護符を握ったまま「冗談じゃないぞ……」と瑛吉はつぶやいた。


その後、瑛吉は警戒しながらアパートへ駆け戻り、飛鳥の下宿に電話を掛けた。当然ながら飛鳥と恵美はまだ帰っていなかったので言伝を頼み、そして小一時間後、瑛吉のアパートの共用電話のベルが鳴った。

いつでも出られるよう待機していた瑛吉が即座に受話器を取ると、聞き慣れた声が耳に届いた。

「もしもし？　私、拝飛鳥と申しますが、そちらのアパートの見取瑛吉さんからご連絡をいただいていたようで――」

「俺だよ！」

食い付くように瑛吉が応じる。更に瑛吉が先ほどの出来事を口早に説明すると、飛鳥ははっと絶句し、数秒置いて、申し訳なさそうな声を発した。

「護符が反応したとなると、何らかの呪術か妖怪が絡んでいるのは間違いありませんね。向こうの素性や狙ってくる理由が分からないことには、これ以上手の打ちようがないですが……ただ、原因は僕だと思います」

「え？　どういうことだ」

「瑛吉さんはそもそもこの手の世界とは無縁に生きてこられた方でしょう？　なのに、護符に反応するような相手に狙われたということは、僕の取材に付き合わせるうちに、何らかの事件に巻き込んでしまったとしか思えません。本当に、申し訳ありません」

「いいよそんな……！　飛鳥が謝ることじゃないだろ」

電話越しの殊勝な謝罪を、瑛吉は思わず遮っていた。続けて「俺は飛鳥と知り合えたおかげで助かってるわけだから」と言い足すと、飛鳥は電話の向こうで息を呑み、照れくさそうな、それでいて嬉しそうな声を発した。

「……ありがとうございます。それで、今後の対応ですが……新しい護符は早急にお渡しするとして、瑛吉さん、しばらく温泉に行きませんか？」

「はい？」

唐突に切り替わった話題に瑛吉が面食らっていると、電話の向こうから「飛鳥さん、話が飛びすぎだと思います」と恵美の声が聞こえた。どうやら恵美も飛鳥の傍にいるようだ。「ですね」と飛鳥は苦笑し、改まった口調で話し始めた。

自分の恩師であり、拝み屋としての師匠である「先生」は、今は古い湯治場に逗留しているのだと飛鳥は語った。

飛鳥は元々、近いうちに、恵美とともに、湯治場の「先生」を訪ねるつもりだったのだが、瑛吉が襲われた一件を受け、予定を早めることにしたのだという。

「先生の意見を聞きたいですし、恵美さんも先生に会いたがっていますからね。そこに瑛吉さんも同行されては？　と思ったのです。取材ではないので報酬も旅費も出ませんが……」

「いや、それは別にいいけど」

申し訳なさそうに言い足す飛鳥に、瑛吉は苦笑交じりの相槌を打ち、考えた。

幸いと言うべきか、残念ながらと言うべきか、現在抱えている仕事は一つもなく、取材を重ねたおかげで貯金にも若干の余裕がある。

何より、一番頼れる飛鳥が不在の東京で一人で過ごすのはあまりにも不安だ。

瑛吉は共用電話の受話器を握り締め、「お願いします」と頭を下げた。

＊＊＊

その翌日、瑛吉は飛鳥や恵美と待ち合わせ、「先生」が滞在しているという湯治場へ向けて出発した。

飛鳥が言うには、件の湯治場は中部地方のN県とI県の県境の一角、深い山中にあるとのことだった。

「湯治場と言っても、知名度はないに等しい場所でしてね……。地図には載っていませんし、地名すらありません」

「地名も……？」

「ええ。知っている人同士なら『あの湯治場』で通じますし、知らない人は知らないので話題にもなりませんからね。ごくごく一部にしか知られていない幻の温泉郷……と言うと聞こえはいいですが、とにかく不便で分かりにくいんです。険しい山を徒歩で越える必要があり、しかも年中霧が出ているので、道を知らない人なら十中八九遭難するという場所ですから」

「また恐ろしいところだな……。飛鳥の先生って結構なお年寄りなんだろ？　何でわざわざそんな不便な場所に……」

「人の好みはそれぞれですからね」

瑛吉の疑問を受け、電車のボックス席の向かいに座った和装の飛鳥が苦笑する。飛鳥の隣には、ヤッケにジーンズという登山スタイルの恵美が腰掛け、車窓を流れる風景を眺めていた。

今日の恵美は見るからにうきうきしており、双眸は期待で輝いている。「嬉しそうだなあ」と瑛吉が漏らすと、恵美は「当たり前じゃないですか」と瑛吉を見返した。

「だって、やっと飛鳥さんの先生に会えるんですよ？」

「何でそんなに会いたいんだ？　やっぱり拝み屋になりたいから？」

「はい！　飛鳥さんが教えられないと仰るなら、教えられる方にお願いするしかないでしょう？　それに、飛鳥さんの恩師ということは、私の命の恩人の恩人ですから……。一度、きちんとお礼を申し上げたいんです」

「だったら俺もお礼を言わないとな。飛鳥がいなかったら、今頃写真で食えてなかっただろうし」

そう言って瑛吉は恵美に笑い返し、胸元に下げたカメラを見下ろした。


三人は丸一日余りを掛けて電車とバスを乗り継ぎ、翌日、山の麓のバス停から徒歩移動を開始した。目の前には初雪を被った山々が壁のようにそびえており、「これを越えるんです」と飛鳥が告げて歩き出す。

瑛吉は恵美を心配していたが、山育ちの恵美は意外に健脚で、むしろ瑛吉の方が一行の足を引っ張ったくらいだった。

飛鳥が言っていた通り、道は険しく分かりにくく、あたりに漂う霧は先へ進むほどに濃くなっていく。これは確かに遭難するな……と痛感しつつ、瑛吉は必死に飛鳥の後を追い、やがて幾つ目かの峠を越えた時、いきなり目の前が大きく開けた。

「見えましたよ。あそこが目的地です」

「わあ……！」

足を止めた飛鳥が眼下を指差し、隣に並んだ恵美が目を見張る。

飛鳥が示した先にあったのは、山脈の一端をスプーンでえぐり取ったような小さな盆地だった。霧なのか湯気なのか、盆地一帯は白い靄に覆われており、その向こうに、緑の田畑や立ち木、十数軒ほどの簡素な木造建築などが見えている。

二十世紀の日本とは思えない、まるで水墨画か山水画のような風景を前に、「絶景でしょう」と飛鳥が微笑み、ああ、と瑛吉が同意する。

「凄いな……。現代の桃源郷って感じだ」

呼吸を整えるのも忘れ、瑛吉が感嘆の声を漏らす。と、それを聞いた飛鳥は、なぜか虚を衝かれたように瑛吉を見やり、ややあって深くうなずいた。

「確かに、仰る通りですね。――ようこそ、現代の桃源郷へ」

一行は峠から坂道を下り、瑛吉が現代の桃源郷と呼んだ湯治場へ足を踏み入れた。

温泉の熱のおかげだろう、峠の上は空気が冷えきっていたのに、湯治場を包む空気は春のように暖かで、自然と気が緩んでしまう。

湯煙が漂う静かでひなびた街並みの中を、瑛吉たちは飛鳥に続いて進んだ。建ち並ぶ家々はいずれも時代劇で見るような古めかしい様式で、足下の道路は当然のように未舗装で、電柱や自動車どころか金属製品やプラスチック製品すら見当たらない。

「私の故郷よりも、もっと古風なところですね……」

「確かに」

あたりを見回した恵美の感想に瑛吉が同意する。瑛吉は、飛鳥と取材に出向くようになって以降、昔ながらの風景の残った地方を何度も訪れたが、ここの古式ゆかしさは飛び抜けていた。

一体この湯治場はいつの時代からあるのだろうか。そもそも、なぜこんな辺鄙なところに作られたのだろう……？

歩きながら瑛吉は考えを巡らせたが、答えは出なかった。

やがて飛鳥は大きな板葺き屋根の一軒家の前で足を止め、「この湯治場、唯一の宿で、先生もここに逗留しています」と説明した上で暖簾をくぐった。

「お邪魔します」

飛鳥のはきはきとした声が響き、恵美と瑛吉が挨拶しながら後に続く。受付の席らしい正面の文机は無人だったが、その右手の日当たりのいい板間では、着物姿の老爺と老女が碁を打っており、別の老爺がそれを観戦していた。

飛鳥たちの来訪に気付いた老人たちが顔を上げ、白い眉毛の下の目を丸くする。

「お客じゃと？」

「それも若い方とはなあ。珍しいこともあるもんじゃ」

「本当に……。あら、そちらのお兄さんは、確か、前にも……？」

「ええ。その節はお世話になりました。おかみさんもお元気そうで何よりです。またご厄介になりたいのですが、よろしいでしょうか？」

老女の問いかけに飛鳥が愛想のいい微笑を返す。「おかみさん」と呼ばれた老女は「もちろんですとも」と笑顔で応じ、ゆっくりと文机に移動して、和綴じのノートと筆を取り出した。

「では、こちらの宿帳にご記名を」

「かしこまりました」

うなずいた飛鳥が筆を手に取る。飛鳥の記帳を待ちながら瑛吉があたりを見回すと、碁盤の脇の二人の老爺と目が合った。軽く会釈した瑛吉が口を開く。

「あなた方も湯治でここに？」

「まさか。こんなおかしなところに、湯治客などそうそう来んわい。わしらはここに住んどるんじゃ。わしもこいつも生まれは遠国じゃが、戦を逃れてここに流れ着き、そのまま居着いてしもうたのよ」

「戦って……戦争ですか?」

瑛吉が尋ねると、もう一人の老爺が「他に戦があるものか」と物憂げに応じた。

「国全体が勇ましい風潮に染まるとな、それに耐えられず逃げ出してしまう者も出てくる。今この里に住んどるのは、そうやって、どこかから流れてきた連中ばかりじゃわい」

「そうそう。ここは名前もなく、地図にも載っておらんでなあ。国も戸籍も投げ出した世捨て人どもの隠れ里というわけじゃ」

「なるほど。隠れ里ですか……」

老人たちの自嘲的な物言いに相槌を打ち、瑛吉は考えた。

先に訪れた打櫓島も社会に疲れた人たちを受け入れている土地だったが、あそこはまだ本土と繋がっていたのに対し、ここは完全に俗世と縁を切った人たちが流れ着く場所のようだ。

目の前の老人たちは見たところ六十歳ほどで、太平洋戦争の終戦が約二十年前、日中戦争が始まったのが約三十年前。それ以前から日本軍はシベリア出兵だ何だと活発に動き回っていたはずなので、老人たちは二十代から三十代の兵隊適齢期とされる時期にここにやって来たと考えると辻褄が合う。

つまり、この湯治場は、戦時中の脱走兵や徴兵逃れの人たちが集まって作ったコミュニティなのだろう。そういう経緯なら、こんな辺鄙な山中にあるのも納得だ。瑛吉は戦後生まれだが、両親や教師、それに近所の大人や親戚連中から、戦時中がいかに大変だったかという話は耳にタコができるほど聞いている。

「苦労なされたんですね」と瑛吉が言うと、老人たちは意外そうに目を丸くした後、顔を見合わせて笑った。


飛鳥が記帳を終えると、三人は二階の八畳間へと案内された。

障子窓から日差しが差し込み、床の間には鶴を描いた掛け軸と一輪挿しが飾られている。立派な座卓には水差しや湯飲みが並び、部屋の隅には使い込まれた行灯。電気製品がないことを除けば普通の和室で、瑛吉は少し拍子抜けした。

荷物を下ろした飛鳥が窓を開けながら言う。

「おかみさんに聞いたところ、先生は外出中だそうです。いつ戻ってくるか分からないとのことだったので、捜しに行こうと思うのですが、お二人はどうされます？　ここで休んでいてもらっても構いませんが……」

「ご一緒していいですか？　私、この里を見て回りたいです」

「あ、俺も行きたい」

恵美の元気な声に瑛吉が続く。「分かりました」と飛鳥がうなずき、一同は揃って宿を後にした。

春めいて暖かな山中の湯治場を、三人は並んでぶらぶらと歩いた。

カメラだけを下げた瑛吉が、思いきり腕と背中を伸ばす。

「いやー、荷物を下ろした後だと身が軽い！」

「瑛吉さんは随分と当たり前のことをしみじみと仰るんですね……。でも、言われてみると、普段よりも体が軽いような気がします」

「その感覚は正しいですよ、恵美さん。この里には良質な気が漂っているんです。だから、重い病気や呪詛に掛かった人でも、ここでは常人のように過ごせるんです」

恵美の漏らした感想に飛鳥が応じる。瑛吉は、へえ、と相槌を打ち、改めてあたりを見回した。

未舗装の道の傍を澄んだ小川がさらさらと流れ、古びた水車小屋の水車を回している。「良質な気」というのはよく分からないが、居心地の良さは理解できた。のどかでいい風景だな、と思った瑛吉は、何の気なしに立ち止まって写真を撮り、振り返って驚いた。

「……え？」

すぐそこを歩いているはずの飛鳥と恵美の姿が、いつの間にか消えていたのだ。

「飛鳥？　恵美ちゃん？」

声に出して呼んでも返事はなく、聞こえるのは川の音と、遠くから響く鳥の声だけだ。瑛吉が足を止めていた時間はせいぜい十数秒で、ここには視界を遮るような大きな建物や塀もないのだから、見えなくなるほど遠くに行けるはずもない。

にもかかわらず、視界のどこにも二人は見当たらなかった。

「嘘だろ？　何だこれ……!?　おーい、飛鳥！　恵美ちゃん！」

不安を覚えた瑛吉が声をあげて走り出す。だが、いくら道なりに走っても、延々と同じような風景が続くだけで、見慣れた後ろ姿は一向に現れなかった。

「先生」らしき老人か、あるいは通行人でもいれば、飛鳥たちを見なかったかと聞くこともできるのだが、人の気配はまるでない。

視界の隅を誰かが通り過ぎた気がしたのに、振り返っても誰もいない……という現象ばかりが何度も起こる。いっそ追跡を諦めて宿に帰ろうかとも思ったのだが、来た道を折り返してみても、宿はいつになっても見えてこなかった。

「いくら何でもおかしいぞ……！　何なんだ、ここ……」

こうなってくると、なおのこと飛鳥と恵美の安否が気に掛かる。瑛吉はいっそう焦って走り回ったものの、飛鳥たちに巡り合うことも、宿屋に帰ることもできないまま時間だけが過ぎていく。

やがて疲れ果てた瑛吉は、道端の大きな石の上に腰を下ろし、げんなりと溜息を落としたが、そこに聞き慣れない声が投げかけられた。

「あの……大丈夫ですか？」

おっとりとした女性の優しい声に、瑛吉は反射的に顔を上げ、そして、そのまま固まった。

瑛吉が見上げた先に立っていたのは、小ぶりの盥を手にした和装の女性だった。

見たところの年齢は二十代半ばで、背丈は瑛吉と同じくらい。湯上がりなのだろう、ほっそりとした体軀に淡い黄緑色の浴衣を纏い、長い洗い髪を軽く結い上げている。

心配そうに軽く首を傾げる女性を前に、瑛吉はようやく人に会えたことに感激し、続いて、女性の可憐さに息を吞んだ。

綺麗な人だ……と、瑛吉の心中に声が響く。

上気した肌は白磁のように滑らかで、深い藍色を帯びた切れ長の瞳は中国の美人画を思わせ、見ているだけで吸い込まれそうだ。まっすぐ通ってつんと尖った鼻も、小さな顎と見るからに柔らかな唇も、浴衣越しに表出する女性的な体のラインも、全ての構成要素が美しくも上品で、息を吞むほど絵になっている。

何をしている人なのかは分からないが、印象だけで言うなら、茶道や華道の名家のお嬢様といったところか。ともかく自分なんかとは住む世界が違う人であることは間違いない――と、瑛吉はそう確信した。

一方、女性は、瑛吉が間抜けな顔で目を丸くして黙り込んだのでいっそう不安になったようで、形良く整った眉をひそめた。

「私の声、聞こえていますか……？　日本語、分かりますか？」

「え？　あ、すみません、大丈夫です！　日本語分かります、と言うか、それしか分かりません！　その、ええと、ついあなたに見とれてしまいまして……」

赤くなった瑛吉が頭を掻いて釈明する。それを聞いた女性は、きょとんと目を丸くした後、転がるような笑い声を漏らした。

「お上手ですね。お世辞でも嬉しく思います」

「いや、お世辞とかではないんですが……。あ、それより、ここにお住まいの方ですか？　実は俺、さっき来たばかりなんですが道に迷ってしまって」

「あらあら。それは大変」

瑛吉の言葉を聞いた女性は大仰に驚いてみせたが、直後、思い出したように愛想のいい笑みを浮かべ、耳に優しい声を発した。

「申し遅れました。私、澤渡《さわたり》白蓮《びやくれん》と申します」

白蓮と名乗った女性は、少し前からこの湯治場に療養に来ているのだと語り、瑛吉の事情を聞くとおかしそうに口元を押さえて微笑んだ。

「なるほど。つまり瑛吉は迷わされてしまったのですね」

「迷わされた……？　誰にです？」

「この国の伝承にある名を借りれば『迷わし神』とでもなるのでしょうが、強いて言うなら、この場にです。この里は、珍しい人を見かけると、そういう悪戯をすることがあるのですよ。可愛いですね」

「可愛い……ですかね？　かなり悪質だと思うんですが……。で、どうすれば」

「一度術中に落ちてしまうと、焦れば焦るほどに道が分からなくなりますが、落ち着けばおのずから道は見えてきます。あなたがお捜しのお友達も、きっと無事ですからご安心を。ひとまずは、そこで休まれるといいでしょう」

「そこって……え」

白蓮が指さす方向を見やった瑛吉は戸惑った。いつの間にか、目と鼻の先に、見覚えのある水車小屋が建っていたのだ。先ほど瑛吉が写真を撮り、振り返ったら飛鳥たちを見失っていたあの小屋である。

小屋の傍らにはもちろん小川が流れており、軒下には縁台が置かれている。縁台の上には、川の水を汲んで飲めるようにだろう、盆が置かれ、小ぶりな茶碗がいくつか伏せられていた。

「何で……？　いや、それに、この小屋、縁台なんかあったか……？　さっき見た時はなかったような」

「あると思えばあるのですよ」

謎めいたことを言いながら、白蓮は茶碗で川の水を汲んで瑛吉に手渡し、縁台に座るように促した。言われるがままに瑛吉が腰を下ろすと、白蓮は別の茶碗に自分用の水を汲み、瑛吉の隣に腰掛けてそれを飲んだ。

「ふう、美味しい……。ここで少し湯冷ましさせていただいても構いませんか？」

「どうぞどうぞいくらでも！　って、俺が言うことでもないですが」

照れ笑いを浮かべ、瑛吉はごくごくと茶碗の水を飲み干した。清澄な水は冷たくて美味かったが、それはそれとして、出会ったばかりの美人と二人きりという状況は緊張が募る。焦った瑛吉が「ここ、いいところですね」と口にすると、白蓮はにっこりと笑みを浮かべてうなずいた。

「ええ、本当に……。この湯治場には良質な気が満ちています。こういう場所も昔はたくさんあったのですが、今ではすっかり減ってしまって……」

白蓮は小さな肩を寂しそうに縮め、湯治場のある盆地を囲んだ山々を見回した。瑛吉は「良質な気」という言い回しを飛鳥も使っていたことを思い出したが、そのことを口にするより先に、白蓮が瑛吉の下げているカメラを見て口を開いた。

「瑛吉は、カメラマンだと言っていましたね。つまり、写真を撮ることを生業としているのですよね」

「ええ、まあ」

「では、何を撮るために仕事を続けているのです？」

「えっ」

　さらりと投げかけられた質問に、瑛吉が間抜けな声を発して黙り込む。その反応が意外だったのか、白蓮は不思議そうに首を傾げた。

「どうされました？　そんなおかしなことを尋ねてしまったでしょうか……？」

「へっ？　ああ、いえ、そんなことはないです。実は、今やってる連載の最初の取材の時、同じことを聞かれたんですよ。それを思い出して」

　五淵が村へ向かう夜行列車の中で飛鳥が発した問いかけを思い起こし、瑛吉は決まり悪そうに頭を搔いた。

「まあ、あの時は適当に答えちゃったんですが。そんな大層な目標はないとか、飯のタネになるなら何でも撮るとか」

「そうだったのですね。……『あの時は』ということは、今は違うのですか？」

　白蓮がまっすぐ瑛吉を見据えて問いを重ねる。湖か宇宙のように深い色の瞳に見つめられながら、瑛吉は「そうですね」とつぶやき、胸元にぶら下がるカメラを見下ろした。

「俺、昔からカメラ弄ってるのが好きで、今の仕事を選んだ理由もそれだけだったんです。あと、家を出たい、家業を継ぎたくないって気持ちもありました」

「お家はどんなお仕事を？」

「代々続いてる下町の提灯屋です。昔ながらの職人気質で、俺、気が弱いから、そういうのが何か苦手でして……だから大した動機もなくて、写真で食えればそれで良かったんです。……でも、今の仕事に関わるようになってから、ちょっと考えが変わってきたんですよ。今まで知らなかったところに行って、東京では見られなかった光景を何度も見て、知らなかったことを知って、色々考えたりもして……。そんなことを繰り返してるうちに、自分の撮りたいものがぼんやり見えてきてる気がするんです。それが具体的に何なのかは、まだ全然上手く言えないんですが……」

　何度も詰まり、時に自問を挟みながら、瑛吉は少しずつ言葉を重ねていった。

　白蓮は答えを急かすこともなく、ただ温かな眼差しを瑛吉に向け、話しやすい雰囲気を醸し出してくれている。俺と年齢はそう変わらないはずなのにベテランの教師のような人だな、と瑛吉は思い、ふと、胸中の焦りや困惑がいつの間にか消えていることに気が付いた。

「……ありがとうございます、白蓮さん。おかげでだいぶ落ち着けました」

「あら、そうですか？　私は何もしていませんけれど……でも、確かに今なら迷わされることはなさそうですね」

「だといいんですけどね……。じゃあ俺、そろそろ」

そう言って瑛吉が水車小屋前の縁台から立ち上がった、その直後。

突如、小屋の陰から長身の男が飛び出し、無言で瑛吉に躍りかかった。

「え!?　なっ――」

不意打ちを食らった瑛吉があっけなく突き飛ばされて地面に転がり、そこに男が飛びかかる。首を絞めようとする男の腕を瑛吉が反射的に振り払うと、男は飛び退いて身構えた。ひとまず自由になった瑛吉は慌てて跳ね起き、水車小屋の壁を背にしながら目を見張った。

「お前、この前の――!」

言葉を全く発さないまま、じっとこちらを見据える男の姿に、瑛吉は確かに見覚えがあった。先日、アパートの近くで襲い掛かってきた男と同一人物だ。

「何でここまで……!?　でも何度来たって同じ――って、しまった！　護符を入れた財布は旅館のリュックの中だ……!」

青ざめた瑛吉が絶句する。頭を抱える瑛吉を見た男は、自分の優位を確信したのか、無言のまま再度飛びかかろうとしたが、そこに緊張感のない声が割り込んだ。

「あの、こちらの方は……？　お友達ですか？」

上品に首を傾げて尋ねたのは、縁台に腰掛けたままの白蓮だった。瑛吉が「違います！」と叫ぶと、男はようやく白蓮の存在に気付いたようで、顔だけを動かして白蓮を見捨え、不穏な笑みを浮かべた。

「やめろ！」と瑛吉が思わず叫ぶ。自分が痛い目に遭うのも嫌だが、自分のせいで誰かが——特に好感を持った相手が——巻き込まれるのはもっと嫌だ。

「お前の狙いは俺の方だろ！　逃げてください、白蓮さん！」

白蓮を庇うように飛び込んだ瑛吉が大きく両手を広げる。無防備な瑛吉を見た男は、してやったりと言いたげににやつき、勢いよく飛びかかった。

……いや、飛びかかろうとしたが、その直前で、びくん、と震えて静止した。

「えっ……？」

不自然な前傾姿勢で固まった男を前に、瑛吉はひどく戸惑い、自分の後ろでぼそぼそと声が響いていることに気が付いた。

「白賁《びやくい》・陰陽《いんよう》・形徳《けいとく》——」

瑛吉が振り返った先では、立ち上がった白蓮が古めかしい呪文を唱えていた。

「——五行《ごぎよう》・幽気《ゆうき》・候恒《こうごう》・精祥《せいしよう》・禨天《きてん》・昊澤《こうてん》の九眼に明《あきら》かなる、此れ遍く天道を観る目なり」

　白蓮が指先で三角形を三回描くと、男はその場に仰向けに倒れ、目を閉じて動かなくなった。どうやら意識を失ったらしい。白蓮は倒れた男を冷ややかに見下ろした後、呆気に取られる瑛吉に向き直り、にっこりと愛想のいい笑みを浮かべた。

「お気遣いありがとうございます」

「い、いえ、どういたしまして……。と言うか、今のは――」

　白蓮のこのやり方に、瑛吉は見覚えがあった。古めかしい呪文も、三角形を三回描く仕草も、飛鳥が使う術とよく似ている。そして飛鳥の術は「先生」に仕込まれたものので、その「先生」はこの湯治場に逗留中のはずだ。ということは――。

「白蓮さん、あなた、もしかして――」

「先生！」

　唐突に響いた飛鳥の声が、瑛吉の問いかけを遮った。

　瑛吉と白蓮が振り向くと、飛鳥が肩で息をしながら立っていた。その隣には恵美の姿もある。無事に二人と再会できたことに瑛吉は安堵し、一方、白蓮は、不満そうに目を細めて飛鳥を睨んだ。

「ですから飛鳥。『先生』は年寄りくさいのでやめろと言いましたよね？　私は『お姉さん』です」

　腕を組んだ白蓮が溜息を吐き、はいはい、と飛鳥が溜息交じりに受け流す。付き合いの長さを感じさせるやりとりに、瑛吉は恵美と顔を見合わせた。

「じゃあ、やっぱり白蓮さんが……」

「えっ？　こちらの方が飛鳥さんの先生？　そうなんですか飛鳥さん？」

「……ええ、まあ」

「飛鳥の師匠です、初めまして」

面倒そうにうなずく飛鳥の後を受け、白蓮が恵美に微笑みかける。弟子とよく似た愛想のいい微笑を前に、瑛吉は飛鳥をじろりと見据えた。

「おい飛鳥。お前の先生ってお年寄りじゃなかったのか？　飛鳥が全然否定しなかったから、てっきりお爺さんかお婆さんだとばかり……。なあ恵美ちゃん」

「はい！　私もそう思っていましたが……白蓮さん、すっごくお若いですよね」

「ええ。今年で十六歳です」

「堂々と嘘を吐かないでください先生」

にっこりと微笑む白蓮の言葉を飛鳥が即座に否定する。飛鳥は瑛吉と恵美に向き直り、咳払いを挟んで口を開いた。

「瑛吉さんはもう面識があるようですが、改めて紹介しますね。僕の師であり命の恩人であり育ての親、実年齢は不詳ですが少なく見積もっても百年以上は生きている、伝説の拝み屋にして、自称・不老の大仙人、澤渡白蓮先生です」

　顔合わせを済ませた一同は、白蓮の提案により宿屋の庭園へ移動した。気絶した男は、念のために縛り上げてから、瑛吉が担いで運んだ。

　宿の裏手には立派な庭が広がっており、冬の入りだというのに梅が咲いていた。既に日は山端に沈みつつあり、庭には雪洞《ぼんぼり》が灯されている。白く染まった険しい山並みを背景に、夕日と雪洞に照らされながら梅が咲き誇る光景は夢のように美しく、瑛吉は何枚も写真を撮った。

　白蓮は「せっかく飛鳥のお友達が来てくれたのですから」と、酒の入った徳利と盃を用意し、恵美にはお茶とお茶菓子を出した上で、円卓に座った一同を見回して話し始めた。

「皆様は『白澤《はくたく》』というものをご存じですか？　顔に三つ、左右の脇腹に三つずつ、合計九つの目を持つという、古代中国の神獣です。あらゆる鬼神のことを知っており、伝説上の帝王・黄帝に一万千五百二十種の鬼神の名と特性を教えたとか、その絵姿は魔除けになるなどと言われており、日本にも多くの図像が残っています」

「はあ……。俺は初めて聞きましたが、その白澤ってのが何か」

「それが私なのです」

「はい？」

白蓮の突拍子もない発言に瑛吉が思わず問い返す。その反応が面白かったのだろう、白蓮はくすりと微笑み、盃の清酒を飲み干して言葉を重ねた。

「正確に申し上げますと、私の修めた仙術の流派こそが白澤の正体なのです。森羅万象の気の流れを読み解くことで、あらゆる鬼神の――この国の呼び方に合わせるならば神や妖怪の――在り方を知り、害を為すものは遠ざける。その術を扱う者たちが、白澤と呼ばれる神獣の伝説を生んだのですね」

「そうなんですね……。あっ、だったら、白澤が九つの目を持っているというのは、飛鳥さんが作られるお札に三つ目が三つ描かれているのと関係が？」

恵美が身を乗り出して問いかけると、そうです、と白蓮はうなずいた。

「恵美は理解が早いですね。観察と看破こそが白澤流の極意。九つの目の意匠は本来、その思想を示した図案なのですが、そこから転じて異形の神獣の伝説が生まれたのでしょう」

対面の席の恵美に優しく微笑みかけた後、白蓮は卓上の徳利を手に取り、隣席の瑛吉へと顔を向けた。お一つどうぞ、と差し出された徳利を、瑛吉がおずおずと盃で受けると、赤くなった瑛吉を見て白蓮が首を傾げた。

「随分顔が赤いですね。瑛吉はお酒に弱いのですか？」

「いや、そうでもないんですが……その、白蓮さんがお綺麗なので」

「あらあら」

「何を浮ついているんですか。相手はお年寄りですよ」

白蓮が嬉しそうに顔をほころばせ、飛鳥が呆れた声を漏らす。飛鳥に冷ややかな目を向けられた瑛吉は、向かいの席の飛鳥を睨み返した。

「歳は関係ないだろ。そりゃ、二回り上とか母親と同じくらいとか言われたらちょっと困るけど、何百歳だったら逆に大丈夫な気がするし」

「どんな理屈ですか」

机に肘をついた飛鳥がこれ見よがしに溜息を吐く。

白蓮と合流してからの飛鳥は妙にそわそわしており、普段の落ち着きが嘘のようだ。

こいつ、こんな面もあるんだな、と瑛吉が思っていると、恵美も同じような印象を受けていたのだろう、瑛吉に顔を近づけて小声を発した。

「ねえ。今の飛鳥さん、何だかかわいくないですか」

「ちょっと分かる。初めて家に来た友達に親を見られて困ってる子みたいだ」

恵美と瑛吉がひそひそと言葉を交わす。そんな二人を飛鳥は辟易した顔で見やり、軽く肩をすくめてから白蓮へと向き直った。

「それで先生、具合の方はいかがですか？　お体の改善の兆しは……」

「相変わらずです。でも、ここにいる限りは、呪詛の侵食を遅らせることはできますからね。おかげさまで、もうしばらくは生きられそうですよ」

　盃を手にした白蓮が穏やかに応じる。それを聞くなり飛鳥は悲痛な顔でぐっと歯噛みし、勢いよく頭を下げた。

「すみません……！　僕が至らないばかりに……！　それらしい場所をしらみつぶしに調べてはいるのですが、やつの居場所は未だに摑めないままなんです……。呪いを解く方法も見つからず……」

　顔を伏せたまま飛鳥が悔しそうに言葉を重ねる。それを聞いた瑛吉は思わず恵美と顔を見合わせ、「待った」と口を挟んでいた。

「白蓮さんは、何かに呪われてるのか……？　じゃあ、もしかして、飛鳥が取材先でよく言ってる『外れ』って――」

「……そうです。もう隠す必要もないのでお話ししますが、先生は呪詛を掛けられているんです。手練れの仙人でなければ、即死するほど強力な呪いを……。先生を呪ったあいつは、妖気や神気の濃いところを好むので」

「だから取材にかこつけて、古い伝承とかしきたりが残る土地を巡ってたってことか。その『あいつ』って何者なんだ？」

「それに、どうして白蓮さんは呪われてしまったんですか？」

　瑛吉と恵美が立て続けに尋ねたが、飛鳥は目を伏せて答えようとしない。瑛吉たちは続いて白蓮を見たが、白蓮は、飛鳥が言わないなら自分も言えませんね、と言いたげに苦笑した後、盃を置いて弟子へと向き直った。

「いいですか、飛鳥」と凛とした声が響く。

「あなたには何度も言ったではありませんか。私はもう充分に生きました。確かに呪詛は徐々に私の体を蝕んではいますが、ここにいる限り、今日明日に寿命が尽きるというわけでもありません」

「し、しかし先生、僕は――」

「もう一度言いますよ。私のことはもういいから、あなたは好きに生きるのです」

白蓮の優しいが強い言葉が響き、飛鳥がぐっと押し黙る。

おそらくはこれまで何度も繰り返されたのであろうやりとりを前にして、瑛吉は何も言えなかった。恵美も悲痛な表情で黙り込んでいる。

重たい沈黙が場に満ちる中、白蓮は深刻な空気を振り払うように盃に酒を注いで一息に飲み干し、宿屋の軒下へ視線をやった。そこには、水車小屋前で瑛吉に襲い掛かり、白蓮に気絶させられたあの男が、後ろ手に縛られて転がっている。

「それより、今気になるのは彼の素性です。飛鳥も心当たりがないのですね?」

「え、ええ……。彼のことも先生に相談したかったのですが、まさかここまで追ってくるとは……。何者なんでしょう?」

「推論を重ねるより、当人に聞くのが手っ取り早いですね。起きたら話を聞くつもりでしたが、その気配もありませんし、この際、仕方ありません」

そう言うなり、白蓮は席を立って男に近づき、しゃがんで男の額に指を当て、目を閉じて、ごにょごにょと何かを唱え始めた。

「何やってるんだ」と瑛吉が問うと、飛鳥は「一種の催眠術です」と即答した。

「意識を失った相手に口を割らせる術です。相手は嘘は吐けません」

「そんなこともできるのか……。凄いな、白蓮さん」

瑛吉がしみじみと感嘆し、ですね、と恵美が同意する。飛鳥たち三人が見守る先で、詠唱を終えた白蓮は淡々と男に問いかけた。

「あなたの名前は？」

「……ささき……つとむ……」

地面に転がったまま、男がぼそぼそと声を発する。「知っていますか？」と白蓮に問われ、瑛吉は飛鳥と顔を見合わせて首を横に振った。どこかで聞いた気もするが、少なくとも知人ではない。男に向き直った白蓮が問いを重ねる。

「なぜ瑛吉を狙ったのですか？」

「拝飛鳥を始末する手駒とするため……」

「ということは、最終的な狙いは飛鳥なのですね」

「……そうだ」

「それは、あなたの意思ですか？　それとも誰かの指示ですか？」

「命令を受けた……」

「誰にですか」

「艮御前……」

「『艮御前』!?」

予想外の回答に、瑛吉は思わず男の言葉を繰り返していた。「それって確か週刊誌の」と飛鳥が眉をひそめる。

「瑛吉さんのお宅にあった雑誌記事の占い師ですよね……？」

「ああ！　――そうか、思い出した！　『佐々木力』って、あの連載記事を書いてた記者だ！」

「なるほど。つまりこの方は、その占い師とやらを探っているうちに、取材対象に取り込まれてしまったようですね」

「ミイラ取りがミイラになる、というやつですか……？　でも、どうして飛鳥さんが狙われるんでしょう？」

白蓮の言葉を受けたのは恵美だった。拝み屋志望としては白蓮の術が気になるのだろう、恵美はおっかなびっくり倒れた男を――佐々木を――覗き込み、その上で首を傾げた。

「飛鳥さんが標的だとして、瑛吉さんをまず狙うのは分かるんです。瑛吉さんの方が明らかに隙が多いですし、飛鳥さん、瑛吉さんに心を許しちゃってますから」

「……俺、そんな隙だらけかな」

「僕も別に瑛吉さんに心を許したつもりは……」

瑛吉と飛鳥は小声で異論を唱えたが、恵美はそれらを受け流して続けた。

「でも、飛鳥さんには、その艮御前さんという方に狙われる心当たりはないように思うんです。違いますか、飛鳥さん？」

「全くないですね。そもそも艮御前の存在すら、瑛吉さんのアパートであの記事を読むまで知りませんでした。佐々木さん、艮御前はなぜ僕を狙うんですか？」

腕を組んだ飛鳥が問いかけると、佐々木は「分からない」と即答した。「当人も知らないことは答えられないのですよ」と白蓮が苦笑し、再度、佐々木に向き直る。

「質問を変えましょうか。艮御前とは何者ですか？」

「分からない……」

「占い師ではあるのですね？」

「占い師ではない……。やつの実体は……呪術師だ……。依頼に応じて、任意の人間の言動を自在に操り、場合によっては、第三者を操って始末させる……。操られた人間には、その間の記憶は残らず、故にこそ、敵の多い政財界の重鎮たちに重宝されており……」

ずっと言葉少なだった佐々木が、突如、堰を切ったように話し出す。「急に流暢になったな」と瑛吉が驚くと、飛鳥が痛ましそうに目を細めた。

「この方が取材した成果なのでしょうね。そこまで迫っておきながら取り込まれてしまうとは……一応、同じ記者として、いたたまれない思いです」

「と言うか、人を操るってのは怖いよな。俺もこんな風になって飛鳥を襲ってたかもしれないんだから」

「ですね。あまりにも卑劣です。では、艮御前とはどこで接触したのですか？」

「Y県の……カノエ岬……」

飛鳥の問いかけに佐々木がぼそりと声を発する。

瑛吉にとっては初耳となるその地名を耳にした瞬間、飛鳥ははっきりと音を立てて息を呑んだ。

驚いた瑛吉、そして恵美と白蓮が視線を向けた先で、真っ青になった飛鳥は目を見開き、そうか、と声を絞り出した。

「戻っていたのか……！」

震える声で言い放ち、飛鳥はそれきり黙り込んでしまった。

瑛吉と恵美は戸惑い、戻っていたとはどういうことか、と尋ねたものの、飛鳥は普段の愛想の良さが裏返ったかのように、真顔のまま沈黙を保った。

白蓮は何かを察しているようだったが、「当事者である飛鳥が説明しない以上、私から言うことはできません」と申し訳なさそうに微笑むばかりで、佐々木は依然として気を失ったままだった。

結局、その日はすっきりしない空気のままお開きとなり、瑛吉は釈然としないまま温泉に入って宿で寝た。

夜が明けると、飛鳥は真っ先に起きて身支度を整え、同室に泊まった瑛吉と恵美、そして弟子を案じて訪ねてきた白蓮を前に、真剣な面持ちで切り出した。

「先生。しばらくここで恵美さんの面倒を見ていただけますか」

神妙な提案が客間に響く。唐突な申し出に白蓮は顔をしかめ、恵美は目を丸くして驚いた。

「飛鳥さん、どうして急に……？」

「恵美さんは拝み屋志望でしょう？　資質を見極めてもらういい機会です」

「そ、それはそうかもしれませんが、でも――」

「急な話なのは承知しています。ですが事情が変わったのです。艮御前と呼ばれる存在が僕を狙っており、そのために瑛吉さんが襲われたように、恵美さんも標的になる可能性があります。ここで先生の傍にいるのが一番安全なんです」

　飛鳥の口調はあくまで丁寧だったが、有無を言わせない圧がある。恵美は反論しても無駄だと悟ったのか、「……分かりました」と寂しそうに首肯した。それを待っていたかのように、成り行きを見守っていた白蓮が口を開く。

「相変わらずの独断ですね。そういう話はまず、私に承諾を得るべきでしょうに。まあ、恵美を預かるのは構いませんが、しかし飛鳥、あなたはこの後どうするつもりなのです？」

　大仰に嘆息した白蓮が弟子を見やって問いかける。それは瑛吉も聞きたかったことだ。一同に見据えられた飛鳥は、撫で肩を軽くすくめると、障子窓に顔を向け、こう告げた。

「僕には、行くところがあります」

＊＊＊

　恵美を白蓮に預けることが決まると、飛鳥は恵美や白蓮との別れの挨拶もそこそこに、瑛吉を連れて湯治場を後にした。白蓮は「何かあったらまた訪ねてきなさい」と優しく微笑んで二人を見送り、瑛吉の胸中は疑問と名残惜しさでいっぱいだったが、あの山道を一人で迷わず帰れる自信もないため、飛鳥に同行せざるを得なかった。

　湯治場を見下ろす峠への山道を、トランクを提げた飛鳥が黙々と上っていく。その隣に並んだ瑛吉は、リュックを背負い直し、言葉を選んで口を開いた。一番尋ねたいのは飛鳥の真意についてだったが、答えてくれないことは分かっているので、別の話題を選ぶしかない。

「なあ。そういや、佐々木さんはどうなるんだ？」

「先生が町に戻してくれると思いますよ。あの人にとって、催眠状態で下山させ、人里に出たら正気を取り戻すよう細工するくらいのことは朝飯前ですから。この湯治場に戻ってくることはできないでしょう」

「そんなこともできるのか。凄いな、白蓮さん……。あ、いや、この場所が凄いのか？　なあ飛鳥、今更だけど、ここって戦時中の脱走兵が作った村なんだよな」

「え？」

　瑛吉が何気なく問いかけると、飛鳥がきょとんとした顔になった。

　瑛吉の質問がよほど意外だったのか、昨夜以来続いていた神妙で深刻な表情ではなく、見慣れた気さくな様相に戻った飛鳥は、おかしそうに微笑んだ。

「なるほど。瑛吉さんはそう考えられたわけですね。当たらずとも遠からず、です。ここはそもそも南北朝時代、敗走した南朝の重鎮を匿うため、陰陽師だか修験者だかが作った隠れ里だったと聞いています」

「南北朝時代!? じゃあ、あの宿にいた人たちはその子孫――」

「ではないんですよ。最初期の住民たちには子供もなく、あっけなく死に絶えてしまったそうですから。ただ、この里は、地脈や龍脈など、天然の気の流れを利用して構築されていたため、無人になった後も建物や結界は残っていたんです。それを白蓮先生が発見し、先の戦争の頃、行き場のない人たちのために開放したのだとか」

「へえ……! 綺麗なだけじゃなくて立派な人なんだな」

「そうなんですよ。……立派な方です、本当に……」

瑛吉が白蓮を褒めると、飛鳥は嬉しそうに笑みを浮かべてうなずいた。自慢の親を褒められた息子のようだな、と思う瑛吉の隣で、飛鳥が続ける。

「あの隠れ里のことを、瑛吉さんは『現代の桃源郷』と評されましたが、あれは正しかったんですよ。何せ、先生が言うには、里の構築に使われている術は、武《ぶ》陵《りょう》桃《とう》源《げん》を作る時に使われたものと同じだそうですから」

「ブリョウトウゲン……?」

「桃源郷の別名ですよ。出入りできるのは住人と縁を持つ人か、仙術の心得がある者と、その同行者だけ。意識を集中しないとそもそも見えないので、部外者に荒らされることもありません」

「見えない？　いや、そんなはずは――」

ないだろ、と言おうとして瑛吉は言葉を失った。

振り返って見下ろした先には、あのひなびた温泉郷はどこにも見当たらず、ただ山道が延びているだけだったのだ。驚いた瑛吉が思わず立ち止まると、飛鳥も隣で足を止め、「ほらね」と言いたげに微笑んだ。

「納得していただけました？」

「していただけました……。でも、佐々木さんはどうやって入ってきたんだ？」

「僕らの後を付けたんでしょう。出入り口は一瞬で閉じるわけではないので」

「なるほど……」

飛鳥の説明にうなずきながらも、瑛吉は何の変哲もない山の風景を見つめていた。完全に外界と遮断する技術だけでも凄いのに、これを仕掛けた人たちはとっくにいないという事実がいっそう驚かせてくれる。

「作り手がいなくなっても生き続ける術なんてのもあるのか。便利だな」

「……そうとは限りませんよ」

「えっ？」

「そういう術には、悪用できるものや、暴走してしまうものも多いんです。後世に影響を与え続ける術なんて、人には本来、分不相応な力だと僕は思います」

思い詰めた表情に戻ってしまった飛鳥が、痛ましい声を響かせる。瑛吉は息を呑んで黙り込み、ややあって、なるべく砕けた声を発した。

「あのさ……さっきから聞こう聞こうと思ってたんだけど、恵美ちゃんは白蓮さんと一緒だから安全だとして、俺はこのまま東京のアパートに戻っちゃって大丈夫なのか？　確かに、さっき護符は貰ったけど、飛鳥を狙う連中がまた――」

「ああ、それはご心配なく。大丈夫です。だって、瑛吉さんは、もう僕と関わることはありませんから」

瑛吉の言葉を遮った飛鳥がきっぱりと言い放つ。

淡々と告げられた予想外の言葉に瑛吉は当惑し、「どういうことだ」と問い返そうとして、声が出ないことに気が付いた。

いや、声だけではない。

手も足もその場に貼りつけられたように動かない。

ただ目を見開く瑛吉に、いつの間にか片手で印を結んでいた飛鳥が向き直る。五淵が村でも見せた金縛りの術を使いながら、飛鳥はすみませんと苦笑した。

「この山は、上りこそ別れ道が多くてややこしいですが、下山するのは簡単なんですよ。道なりに下りさえすれば麓の町に出られます。ああ、術は僕がいなくなったら解けるようにしてありますから……。それと、今までありがとうございました。巻き込んでしまってすみません。『奇怪倶楽部』の編集長にはよろしく伝えておいてください。では、失礼します」

姿勢を正した飛鳥が瑛吉に深々と一礼し、背を向けて歩き出す。

待てよ。

一方的すぎるだろう。

お前これからどうするつもりだ……!?

言いたいことも聞きたいことも瑛吉には山ほどあったが、口も体も依然としてぴくりとも動かない。

困惑と憤然、そして何より不安に苛まれながら、瑛吉はただ、寂しそうに遠ざかっていく飛鳥の後ろ姿を見送ることしかできなかった。

第五話

一夜にして滅んだ村！
憑き物伝説の里の
呪詛と怪奇と鎮魂の夜！

山中の湯治場で飛鳥が恵美を白蓮に任せ、瑛吉と別れてからしばらく後の、ある日の夕暮れ時のこと。

飛鳥は単身、Y県の海沿いの道を歩いていた。

このあたりの海岸線は鋸《のこぎり》の歯のように入り組んでいることで知られており、飛鳥が訪れているのは、その中でも最も海に向かって突出した土地だった。現在流通している地図にはここの地名は記されていないが、十数年前までは「庚《かのえ》岬」と記載されていたことを、飛鳥はよく知っていた。

ひび割れた舗装道路を進み、古びたトンネルを抜けると、夕日を浴びる静かな村が――かつては村だった光景が――現れる。

集落の中心を広い目抜き通りが貫き、その右を見ても左を見ても、堂々たる門と高い塀を備えた瓦屋根の立派な屋敷が並んでいる。辺鄙な土地とは思えない光景であったが、建ち並ぶ屋敷はどれも朽ちており、放置されて久しいことが見て取れた。

道には落ち葉や土が堆積し、集落のどこにも人の気配はない。聞こえるのは虫か鳥の声くらいだが、そこかしこから怪しい気配が漂っている。

「……やはり、感慨深いという気持ちにはなりませんね」

自嘲気味に独り言を漏らした飛鳥は何気なく視線を落とし、ふと、汚れた道路の上に、比較的新しい車のタイヤの跡が幾つか残っていることに気が付いた。

艮御前の顧客か、と飛鳥は察した。

自在に人間を操る力を持つという正体不明の呪術師・艮御前。

その艮御前に呪詛を依頼するためには、依頼者かその代理人がこの土地まで実際に足を運ばねばならないことを、飛鳥は湯治場を出た後の調査で確かめていた。

……つまり、艮御前はここにいる。

その事実を噛み締めながら飛鳥は一歩ずつ前へ進んだ。

目抜き通りをまっすぐ進むと、やがて集落内で最も大きく豪奢な屋敷に突き当たった。壊れた門扉の前でタイヤ痕が途切れているところを見ると、艮御前に依頼をするには門前で頼めばいいようだったが、飛鳥は迷わず門をくぐった。

飛び石を渡って玄関から屋敷に入り、懐から取り出した小型懐中電灯を点けると、板張りの長い廊下や襖の列が光の中に浮かび上がった。

家の造りがしっかりしているためだろう、屋外に比べると破損している箇所は少なかったが、不気味な気配はむしろ濃密だった。実体を持たない何かが、襖の向こうや天井裏、廊下の奥の暗がりでざわざわと蠢いていることが、術を使うまでもなく分かる。

あからさまに不穏で、なおかつ懐かしい気配を感じながら、飛鳥は「あなたたちに用はないんだ」とつぶやいていた。

ようやくだ、と飛鳥は思った。

思い残すことがないと言えば嘘になるけれど、今ここで終わらせなければ……という気持ちの方が、圧倒的に大きく強い。

暗い屋敷の中は迷路のように入り組んでいたが、飛鳥は一切迷うことなく先へ進み、ほどなくして、屋敷の最奥部、何十畳もある奥座敷へと辿り着いていた。

座敷の正面は床の間で、板張りの床の上に祭壇が設けられている。飛鳥が無造作に懐中電灯を向けると、床の間の暗闇の中で、大きな何かがざわりと動いた。

床の間に陣取っていたのは、一体の大きな黒い獣であった。

大人の背丈ほどもある細長い胴体に、四本の足と異様に長い尾を備え、尖った耳に尖った鼻。白目のない目を大きく見開いて無数の牙を剝き出しにしており、警戒、あるいは威嚇しているのが分かる。

不思議なことに、電灯で照らされてもなお、黒い獣の輪郭は靄のようにぼんやりとしている。まるで闇が形を取ったような奇妙な容姿の獣を見ると、飛鳥は軽く肩をすくめて口を開いた。

「お久しぶりです、ミサキ頭様《がしら》。それとも『艮御前』とお呼びしましょうか？」

懐中電灯を向けたまま、飛鳥が獣に語りかける。その声が奥座敷に響くなり、警戒していた黒い獣は「ギッ」と奇妙な声を発して身を強張らせ、直後、その姿を消した。

煙がふわりと薄れて消えるように、水に撒いた墨が薄れて色を失うように、獣の姿がスッと床の間から消え失せる。ありえない現象を前にしてもなお、飛鳥は驚く様子を見せることはなく、ただ不満げに顔をしかめた。

「無様な……」と飛鳥の抑えた声が座敷に響く。

「あなたは仮にも、この地で神として崇められ続けてきた存在でしょうに。それがただ怯えて逃げるとは、やはり、完全に知性を失っているようですね……。本能だけで動く獣となったあなたを狩るのは気が引けますが、先生のために、そして僕のけじめとしても、逃がすわけにはいきません。ああ、隠れたところで無駄ですよ？　あなたの気配はもう覚えましたから」

闇の中に逃げた獣に聞かせているのだろう、堂々とした声を響かせながら、飛鳥は懐中電灯であたりを照らした。

近くにいるなら気配で分かる。どうやらこの座敷にはいないようだと飛鳥は察し、考えた。

今の振る舞いを見る限り、現在のミサキ頭は複雑な思考も対話もできなくなっているようだ。単純な動きしか見せない妖怪と同じと考えていい。となれば自分の縄張りを――この屋敷か、もしくはこの集落を――出ることは絶対にないはずだ。

白蓮の教えと、拝み屋としての経験則からそう判断した飛鳥は、踵を返して奥座敷を出た。

無人の屋敷は依然として静まりかえっていたが、ミサキ頭はこの暗闇のどこかに身を潜めているはずだ。その気配を見逃さないように飛鳥は五感を研ぎ澄ました。

ミサキ頭は本来、敵に直接、力任せに襲い掛かるようなことはまずしない。だが、今のあいつは知性を欠いており、しかも追い詰められた獣と同じだ。破れかぶれになって向かってくる可能性もある。

警戒しろ、と自分自身に言い聞かせながら、飛鳥は左手に懐中電灯を携えて曲がりくねった暗い廊下を歩んだ。

しばらくは何もなかったが、やがて玄関近くに差し掛かった頃、廊下に面した襖の向こうで、ガタン！　と大きな音がした。

瞬間、飛鳥は反射的に足を止め、襖を思い切り蹴飛ばしていた。

「そこか！」

「ひいいいいいっ！」

鋭い声とともに繰り出された蹴りが襖を跳ね飛ばし、同時に、部屋の奥から怯えた悲鳴が響いた。いる、と飛鳥は確信し、懐中電灯の灯りを敷居の向こうの暗がりへ向けた。同時に、先手必勝とばかりに調伏の術を――。

「『白澤避百怪図』に曰く、昏き識《し》に精魅あり、其の精は土なり、夜なり――」

「ちょっと待った！　ストップ！　タイム！　俺！」

飛鳥の口早な詠唱に必死な懇願が被さった。間違いなく聞き覚えのある声に、飛鳥はとっさに術を中断し、そして、大きく眉をひそめて部屋の奥を見据えた。

光の中に浮かび上がっているのは、あの黒い獣……ではなく、二十歳そこそこの青年だった。

間が抜けているが見ようによっては愛嬌のある顔立ちで、くたびれたリュックを背負い、胸元にはストロボ付きのカメラを下げている。「俺だから！　俺！」と必死に訴え続ける男を前にして、飛鳥はこの村に入って初めて驚きを覚えた。

「……瑛吉さん……？」

当惑した飛鳥が、訝しむように眼前の人物の名を口にする。それを聞くなり、男――瑛吉は何度も首を縦に振った。

「そう！　だからそう言ってるじゃないか！　俺だよ俺！　見取瑛吉！」

大袈裟な身振りとともに瑛吉が名乗る。後ろの窓が外されているので、そこから入ってきたようだが、この人物がここにいる理由が飛鳥には分からない。

警戒を解いた飛鳥が「瑛吉さんがどうしてここに？」と問いかけると、瑛吉はひとまず胸を撫で下ろし、「調べたんだ」と即答した。更に瑛吉は、上着のポケットから手帳を取り出し、懐中電灯の光の中でそれを開いた。

「――庚岬。Y県S郡に位置する村落。歴史は古いが、外部とのかかわりを嫌い、情報を発信することもなかったので、成り立ちの経緯などは不明。周辺のいずれの町村からも遠く、特に目立った産業もなく、人口も少ない。にもかかわらず、なぜか住民は皆裕福で、集落には豪奢な屋敷が建ち並んでいたため、県か国から直接かつ特別な便宜が図られていたという噂もあった」

瑛吉はそこで一旦言葉を区切り、ちらりと飛鳥を見やって抑えた声で続けた。

「……十三年前のある日、一夜にして全滅」

瑛吉の声が響くと、飛鳥は静かに息を呑んだ。その反応を確認しつつ、瑛吉は手帳を読み上げた。

「村の惨状を最初に発見したのは、隣の集落から通っていた使用人夫妻。どの遺体にも外傷はなく、伝染病か集団食中毒が疑われたが、原因は特定されなかった。住人が全滅した集落に移り住む人もなく、庚岬の名は自然と地図から消えた……」

そこまでを読んで瑛吉はようやく顔を上げた。どんなもんだ、と言いたげな視線を向けられた飛鳥が、「詳しいですね」と微笑む。

「……この短い期間で、よくぞそこまで」

「あの湯治場で『カノエ岬』って名前は聞いてたからな。俺は記者じゃないけど、飛鳥の取材にずっと付き合ってて、下調べを手伝ったこともあるんだから、調べ方の基礎くらいは分かってる」

「なるほど。……余計なことを」

うなずいた直後、真顔になった飛鳥はぼそりと抑えた声を発した。いつも愛想のいい飛鳥とは思えない顔つきと声に、瑛吉は「え？」と戸惑ったが、飛鳥はすぐに見慣れたにこやかな表情に戻って問いを重ねた。

「で？　調べが付いたのはそこまでですか？」

穏やかな質問が投げかけられる。お前はもう知っているんだろう、と問いかけるような表情に、瑛吉は少しだけ逡巡し、手帳の次の頁を開いた。

「……確証は取れなかったけど、庚岬に関しては古くから、ある噂があったことは分かった。この村の人たちは『憑き物筋』だって噂が……。ああ、憑き物ってのは」

「人に憑依して操ったり呪ったり祟ったりする不可視の妖怪の総称ですね。四国の『犬神』が有名ですが、他にも信州の『イヅナ』や中国地方の『トウビョウ』など、様々な種類が存在します。これらの憑き物は、特定の家系や血筋の人々に使役されると言われており、その人たちは『憑き物筋』と呼ばれて警戒され、忌み嫌われた……。

よく存じていますので、用語の解説は結構です。それで？　この庚岬が憑き物筋の村だったとして、どんな憑き物が伝わっていたのかも分かっているのですか？」

「『ミサキ』だ。狐とかイタチみたいな、尾の長い哺乳類っぽい姿の妖怪で、親というか女王というか、ボス的な一体が他のやつらを従える……。庚岬は、このミサキを操る人たちの里だったって噂があった。……で、ここからは俺の推測だけど」

「どうぞ。お聞きします」

「その噂は本当だったんだと俺は思う。……そして、お前はここで生まれた」

そこで瑛吉は一旦言葉を区切り、「そうなんだろ？」と飛鳥を見返した。

まるで生徒の発表を聞く教師のように聞き入っていた飛鳥は、肯定も否定もしなかったが、代わりに軽く拍手してみせた。

「お見事です。お一人でそこまで辿り着けるなら、もう僕は要りませんね。『本邦秘境紀行』の連載は瑛吉さんにお任せしますよ」

「それは荷が重いな」

冗談だと思った瑛吉は苦笑したが、飛鳥は笑いを返さなかった。まさか本気なのかと不安になる瑛吉の前で、飛鳥が肩をすくめて口を開く。

「その健闘を称えて……というわけでもないですが、この際、全部お話ししましょう。瑛吉さんが調べきれなかったことまで全て……。ただ、ここは陰気で暗くていけません。場所を変えませんか？」

「え。移動していいのか？　お前、何かを追っかけてここに来たんだろ？　で、そいつは今、この家にいるんだろ……？」

「あいつはここから逃げませんよ。それより、今はきちんと説明しておきたいんです。心残りはなるべく少なくしておきたいので」

「心残りって、お前――」

不穏な言葉に瑛吉は思わず問い返していた。

それじゃまるで、お前がいなくなるみたいじゃないか。

嫌な予感に瑛吉は眉をひそめたが、飛鳥が背を向けて歩き出してしまったので、慌ててその後を追った。

飛鳥は屋敷の玄関口で足を止め、「ここでいいでしょう」と上がり框に腰を下ろした。

瑛吉はその隣に座り、三和土《たたき》にリュックを下ろしてあたりを見回した。

既に空には星が出ており、外はかなり薄暗くなっていた。振り返れば暗い廊下が、前を見れば開け放たれた扉の向こうに壊れた門が、その門越しに荒れ果てた村の光景が見えている。懐中電灯を傍らに置いた飛鳥は、上がり框の板を懐かしそうに撫でると、前置きもなしに話し始めた。

「瑛吉さんの見立て通り、この庚岬は憑き物を操る人たちの里でした。世間一般で言われる憑き物筋の大半は忌むべき迷信であり、特定の人々を差別するための口実に過ぎませんが、ここの人々は本当にミサキという憑き物を使役できたんです。彼らの力は本物で、故に、時の権力者から保護され続けてきました。ところで、なぜ庚岬という地名なのか分かりますか？」

「庚は艮——鬼門の正反対だからだろ。実体が表に出ないように、あえて真逆の方角を地名にしたんだ。岬は単に海に近いからじゃないのか？」

「惜しいですね。庚岬の『岬』は本来、御中の『御』に先回りの『先』と書いたんです。これは、主の先を行くもの、すなわち憑き物としてのミサキを意味しています。だから、『カノエミサキ』とは、鬼門方向に祀られる不吉な憑き物のことなんですよ。このような呼称の歴史は古く、平安時代末期に編まれた歌謡集『梁塵秘抄』にも『艮《うしとら》みさきは恐ろしや』という一節があります」

「へえ……」

飛鳥の流暢な解説に瑛吉は素直に感心し、こんな風にこいつの話を聞くのも久しぶりだな、と感慨深くなった。耳を傾ける瑛吉の隣で、飛鳥は更に言葉を重ねる。

「先ほど瑛吉さんが述べられたように、ミサキは群れのリーダーに率いられる憑き物です。自意識を有しているのはリーダーのみなので、他の小さな個体は手足か端末といった方が正確ですが。小さいのは今もそこらじゅうにいます」

「え。大丈夫なのか、それ」

「連中はリーダーの指示がない限り動かないので、無視して構いませんよ。ともかく、庚岬の人々は、いつからか、そのリーダー——通称『ミサキ頭』と、永続的な契約を交わしていました」

「……契約？　妖怪と……？」

「ええ。古今東西、人外の存在の力を借りるにはそれなりの代償が必要となります。……この村が選んだ代償は、人命でした。庚岬の村は、ミサキ頭の栄養源として、毎年一人の子供を生贄に捧げていたんです」

あくまで淡々と飛鳥が語る。平静に告げられた痛ましい真相に、瑛吉は顔をしかめることしかできなかった。

飛鳥は、膝の上で組んだ指に僅かに、だが確かに力を込め、宵闇に染まる故郷を眺めながら先を続けた。

「五淵が村で、僕が氏子総代さんに『無駄でなければ生贄を続けていたのか』と問うたのを覚えていますか？　あの生贄は無駄でしたが、ここで行われていたそれは、実際に有益だったんです。だからその習慣はずっと続いていて、跡取りや後継者とは別に、生贄用に産まされる子供が存在しました。その子供たちは幼い頃からきちんと躾けられていましたから、自分に生贄の番が回ってきても、そういうものだと思って受け入れて……」

「ちょっと待った。この村が無人になったのって十三年前だろ？　現代だろ？　戦後だよな？　そんな最近までそんなことやってたってのか……？」

「言ったでしょう。『当たり前』は、育った文化によって異なるんです」

思わず口を挟んだ瑛吉に、飛鳥がすかさず言い放つ。その言葉の重みに瑛吉が押し黙ると、飛鳥は短い沈黙を挟み、「ですが」と続けた。

「周囲から教え込まれた『当たり前』を、生き物として、人としての本能的な欲求が上回ってしまうことはあるんです。あの日、恵美さんが『助けて』と口にしたように……。ここ庚岬でも、そういうことが起こりました。ある年、生贄に差し出された子供は『怖い』と思ってしまったんです。『ここで終わるのは嫌だ』と思ってしまったんです。その子供は隙を見て、生贄を捧げるための部屋であった奥座敷から逃げ出しました」

「そうなるのも当然だよな……。でも、そんなことしたら、ミサキ頭は」

「はい。年に一回の食事が逃げて、ミサキ頭はそれはもう怒りました。契約をないがしろにされたわけですからね。屋敷から逃げた意気地なしの生贄を追って、ミサキ頭は村を飛び回り、怒りに任せて強烈な呪詛をばらまきました。ミサキは元々呪いに特化した妖怪で、村の人たちはその力が自分たちに向けられるとは想像もしていなかったわけですから……これはもう、ひとたまりもありません。不意を突かれた住民たちはバタバタと倒れ、逃げた生贄の子供は、家族や幼馴染やご近所さんが次々に死んでいくのを目の当たりにすることになりました」

「……惨いな。で、その子はどうなったんだ……？」

「たまたま近くにいた拝み屋の女性に助けられました。偶然居合わせるというのは都合が良すぎる気もしますし、調べに来ていた可能性もありますが、少なくとも本人はそう言っています。その女性は不思議な術を使う仙人でもあり、自分以外の住民が死に絶えた村の物陰で怯えていた子供を見つけ、保護したんです。……もうお分かりかもしれませんが、その子供というのが――」

「飛鳥なんだな」

飛鳥の言葉に被せるように瑛吉は言い切った。

途中から薄々そんな気はしていたが、ここまで聞けば疑いようもない。

飛鳥はこの村で生贄として育てられた子供であり、十三年前、ここで白蓮に助けられたのだ。

瑛吉がまっすぐ見据えた先で、飛鳥が首を縦に振る。

「ご名答です」

「そんなことがあったのか……。教えてくれてありがとう、飛鳥。……でも、俺が調べた限りだと、庚岬に生き残りはいなかったはずだけど」

「僕は、戸籍上は、生贄に差し出される数日前に事故で死んだことになっていましたからね。この村には医者もいましたから、診断書なんかどうとでもなります」

「滅茶苦茶だな……！　人間を何だと思ってるんだ……！」

　ここで怒っても仕方がないとは理解しつつ、瑛吉は憤るのを止められなかった。それを見た飛鳥は意外そうに目を瞬き、「怒ってくださってありがとうございます」と微笑んだ後、更に言葉を重ねていった。


　生贄になるはずだった少年は、白蓮によって庇われた。

　白蓮たちの存在に気付いたミサキ頭は二人に襲い掛かってきたが、白蓮はそれをどうにか撃退した。ミサキ頭はどこへともなく飛び去り、後には、住民が死に絶えた村だけが残されることとなった。

　茫然自失状態の少年に、白蓮は「拝飛鳥」の名を与え、手元で育てることとした。

　飛鳥と名付けられた少年は、なかなか心を開こうとせず、自分自身を責め続けた。

　自分の身勝手な振る舞いのせいで故郷が全滅してしまった、あそこで逃げ出さなければば村は滅ばなかったはずだ……と。

罪悪感に苛まれ続ける飛鳥を、白蓮は「あなたは悪くない」と優しく諭した。

――人の命を捧げる仕組みなど、そもそも存在してはなりません。

――村を支える仕組みがそもそも間違っていると気付いていた大人も、あの村にいたはずです。ですが誰も止めようとしなかった。だからあの村は滅んだのです。

――あなたが責を負う必要は、絶対に、ありません。

白蓮は何度も繰り返して説き、そうして重ねられた言葉は、飛鳥に徐々に人間味を取り戻させていった。

同時に、飛鳥の中には白蓮への憧れが芽生え、「自分も白蓮のようになりたい」という夢を持つようになった。その願いに白蓮は師として応じ、指導の甲斐あって、飛鳥は明るく優秀な拝み屋へと成長した。だが……。

「十三年前のあの日、先生は僕を庇ってミサキ頭の呪詛を受けていたんです。生贄を奪われた怒りに任せて放たれた呪詛は強烈で、着実に先生の体を蝕み続けていました……。そのことを僕が知ったのは、東京に出て、大学に通い始めた頃でした」

そう言って飛鳥は残念そうに頭を振り、「忘れかけていた罪悪感が一気に蘇りました」と続けた。

「その頃にはもう僕もいっぱしの知識を身に着けていましたから、先生を助ける方法くらいは分かりました。呪詛を掛けたミサキ頭を見つけて退治するか、あるいは呪いの対象を変えればいい。だから僕はミサキ頭を追い続けていたんですが……」

「まさか、ここに帰ってるとは思わなかった」

「……ええ。盲点でした」

瑛吉の問いにうなずいた飛鳥が苦笑する。愛想の良さの裏に悔しさが滲む笑顔を見ながら、瑛吉は飛鳥のこれまでの言動を思い返していた。

──誰にも犠牲を強いない仕組みには、僕はむしろ憧れます。

──僕は、多数派の論理で犠牲になる人たちを見せられると、過剰に共感してしまう性格なので……。

今なら、飛鳥がそう言っていた理由も、はっきり分かる。

自分が犠牲にされる側だったからだ。

「飛鳥……」

何かを言わなければいけない、言いたい、という気持ちはあるものの、平凡で平和な人生を歩んできた身としては何を言えばいいのか分からない。苦悶する瑛吉を見て、飛鳥は嬉しそうに「お気遣いありがとうございます」と微笑み、ふいに立ち上がって後ろを向いた。

「白竇《びやくい》・陰陽《いんよう》・形徳《けいとく》・五行《ごぎよう》・幽気《ゆうき》・候恒《こうごう》・精祥《せいしよう》・禨天《きてん》・昊澤《こうてん》の九眼に明かなる、此れ遍く天道を観る目なり！」

「グアアアアアッ！」

屋敷の奥の暗闇を見据えた飛鳥が突然口早に叫び、直後、闇の中から痛々しい叫びが轟く。唐突な大声に驚いた瑛吉は、「急に何だ？」と飛鳥を見上げ、続いて飛鳥の見つめる先へと目をやった。

暗くて見にくいが、目を凝らすと、長い尾を持つ獣のようなものが中空に浮かんだ状態で静止しているのが分かる。

獣の色は周囲の暗がりよりもなお黒く、その輪郭線は雲か煙のようにぼんやりとしていた。瑛吉は慌てて懐中電灯を摑んで立ち上がり、飛鳥の後ろまで下がった。

「こいつは――」

「ミサキ頭です」

「飛鳥が追ってたやつか……！　こんな近くにいたのか!?」

「ええ。実を言うと、少し前から気付いていました。油断させて、確実に拘束できる距離まで近づくのを待っていたんです。でも、これで――」

「退治できるのか？」

瑛吉が勢い込んで問いかける。さっきの飛鳥の話によれば、ミサキ頭を倒してしまえば白蓮は救われ、同時に飛鳥も罪悪感から解放されるはずだ。期待に胸を膨らませる瑛吉だったが、飛鳥はミサキ頭を見据えたまま首を横に振った。

「……いいえ。残念ながら、今の僕の力では、こいつを完全に滅することはできません。細かく散らすのが関の山です。ですが、ミサキはそもそも霧か煙のようなものですから、それではすぐに復活してしまいます」

「え？　じゃあどうするんだ……？」

「ご安心を。先生を救う手段はあります」

飛鳥がきっぱりと言い切った。どうやって、と問おうとした瑛吉の脳裏に、つい先ほど聞いたばかりの言葉が響く。

——ミサキ頭を見つけて退治するか、あるいは呪いの対象を変えればいい。

そうだ、と瑛吉は青ざめた。

さっきは聞き流してしまったが、飛鳥は確かにそう言っていた。そして、白蓮に、改善の兆しはないと聞かされた時のあの痛ましい表情や、遺言を残すような物言いの数々……。

「もしかしてお前……呪いの対象を自分に変える気か？」

瑛吉が震える声で問いかける。飛鳥は答えようとしなかったが、ここで沈黙するということは肯定するのと変わらない。

飛鳥が単身でここに足を運んだ理由を——つい先ほど飛鳥が漏らした「余計なこと

を」という一言の意味を――瑛吉は今になって理解した。

「お前、最初から、白蓮さんの受けた呪詛を自分で被るつもりで……？　そうだな？

そうなんだな？」

「……だったら何です」

「何ですってお前――馬鹿か！　そんなことしたってお前が死ぬだけだろ⁉」

「ええ。その通りです。僕には先生ほど呪詛に対する耐性はありませんからね。長く
は持たないことでしょう」

「それが分かってるならお前――」

「でも他に手がないんです！」

瑛吉の制止に飛鳥の怒声が被さり、打ち消す。初めて聞く友人の悲痛な声に瑛吉が
思わず押し黙ると、飛鳥はミサキ頭を睨みつけたまま続けた。

「……これは、僕なりの償いでもあるんです。ミサキを契約で縛って使役してきた一
族の、最後の生き残りとしての……！　庚岬のミサキ使いの血を引く僕には、こいつ
を倒すことはできなくても、こいつの呪詛をコントロールすることならできる！」

「だからってお前がやられちゃ元も子も」

「僕は構いません！」

「俺は嫌だからな！　何のためにここまで来たと思ってるんだ！」

「え？　……そう言えば、何のためなんです？」

売り言葉に買い言葉の応酬の最中、ふいに飛鳥が首を傾げた。

あまりに素朴な問いかけに、瑛吉はからかわれたのかと思って顔をしかめたが、直後、そうではないと気が付いた。飛鳥のきょとんとした表情を見る限り、どうやら本気で分かっていないようだ。

ほんとにこいつは、勘が良いのか悪いのか……。

瑛吉は盛大に呆れ、とびっきり大きな溜息をこれ見よがしに落とした。

「……そんなの、心配だからに決まってるだろ」

「心配って……僕のことがですか？」

「他に誰がいると思う」

即座に問いを返しながら、瑛吉は自分の顔が薄赤くなっているのを自覚していた。間違ったことをしているつもりはないが、「私はあなたを気遣っています」と面と向かって告げるのは結構恥ずかしい。

と、飛鳥は、瑛吉のその答えが意外だったのか、はっと沈黙したが、すぐにはにかむように微笑んだ。

「そうでしたか……。それは、ちょっと意外でしたが……何と言うか、悪くない気持ちですね。ありがとうございます」

「え？　いや、お礼を言われるようなことじゃ――」

「いえ、言わせてください。本当に、色々お世話になりました」

「なりました」と過去形で、飛鳥が瑛吉の言葉を遮る。勝手に終わったことにされてたまるか。瑛吉は苛立ち、焦り、話題を戻した。

「だから何でそういうところだけ意固地なんだよ、お前……！　なあ、他の手はないのか？　契約できるような相手なら、どうにか説得するとか」

「無理ですね。神として祀り上げられた妖怪や精霊が対話可能な知性を獲得することもありますが、それも祀られている間だけのこと。今のミサキ頭は、動物的な反応しかできない、頼まれた呪いを実行するだけの存在です。こいつが呪術師・艮御前として人気を得ているのも、ここに来て依頼さえすればそのまま叶えてくれるという単純さが受けたからです」

「あー、艮御前の正体は人間じゃなかったってわけか……。でも、命令する人間がいなくなっても、まだ呪いを受け付けてるなんて」

「ミサキはそういうものですからね。指示を受けたら何も考えずに標的を呪って殺すか、適当な誰かを操って殺させる。本体を狙われたら反射的に逃げ、敵と認定した相手は隙を見つけて襲い、そして、一度狙った餌は何としても食らおうとする」

「一度狙った餌って、飛鳥のことか？　だからこいつは今、飛鳥を狙って……？」

「そうです。こいつが僕を追うのは、単に、かつて食い損ねた餌だからに過ぎません。使い手が滅んだ後も生き続ける仕組みという意味では、あの湯治場と同じなんですよ。仕組みに感情はありません。喜びも悲しみも感じないただのシステムに、説得や詭弁は通じない」

飛鳥の明言が屋敷の玄関口に響く。そう言い切られてしまうと、呪術や妖怪に疎い瑛吉としては反論しようもなかったが、ふと、小さな違和感が瑛吉の心中に生じた。

今のミサキ頭は喜びも悲しみも感じないと飛鳥は言う。

だが、本当にそうだろうか……？

藁にも縋る思いで違和感の出どころを必死に手繰ると、浮かび上がってきたのは、自宅近くの路地で襲撃された時の記憶だった。

あの時、ミサキ頭に操られた佐々木は、瑛吉を押さえつけて心底嬉しそうに笑っていた。

ミサキ頭は佐々木同様に瑛吉も操り人形にするつもりだったため、一時的に心が繋がりかけていたのだろう。「やっとだ」「これで後一歩だ」という喜びが、瑛吉にも伝わってきたことを覚えている。

「……なあ、飛鳥。ミサキ頭って笑うのか？」

「えっ？」

　ずっとミサキ頭を見据えていた飛鳥が、初めて瑛吉に視線を向けた。不可解そうに眉根を寄せる飛鳥を、瑛吉が見返して続ける。

「お前には言ってなかったかもしれないけど、アパートの近所で俺を襲った佐々木さんは、すげえ嬉しそうに笑ってたんだ。ただの仕組みが喜ぶのか？　それって、感情があるってことじゃないのか？」

「それは……。ですが現に、ミサキ頭は知的な言動は一切見せていません」

「それ、わざとじゃないのか？　わざとそんな風に振る舞ってるだけで……」

「え？　でも、どうしてそんなことを――待てよ」

　ふいに飛鳥の言葉が途切れた。瑛吉がまじまじ見据えた先で、神妙な顔つきになった飛鳥が「もしや」とつぶやく。

「ミサキ頭も、僕と同じことを考えて……？」

「お前と同じ？　ああっ、そうか……！　相手を――」

「ええ！　標的を油断させるためです！　だとしたら――」

「その通りよ！」

　焦った飛鳥が息を呑むと、間髪容れずに嘲りの声が轟いた。

　世代も性別も異なる大勢が同時に喋っているような奇妙な声の主は、飛鳥に拘束されていた黒い獣――ミサキ頭だった。絶句した飛鳥と瑛吉が見据えた先で、ミサキ頭は長い尾を振るって拘束を引きちぎり、口を耳元まで開いて嘲笑した。

「よく気付いたな、贄の子！　だが――遅い！」

ミサキ頭の体から黒い靄が一気に噴き出し、二人に迫る。この手の知識に乏しい瑛吉でも、これに触れたら終わりだということは本能的に理解できた。

「げっ、まず――」

「下がってください！」

飛鳥がすかさず三角形を三回描くと、不可視の壁が現れ、ミサキ頭の闇を防いだ。

「なかなかやるな」と闇の中から声が響く。飛鳥は印を結んだまま後退し、瑛吉に横目を向けた。

「屋内では分が悪い！　いったん退きましょう！　一、二の三で屋敷を出ます、いいですね？　一、二の――」

「三！」

瑛吉は懐中電灯を握ったまま玄関から飛び出した。同時に飛鳥が踵を返して走り出し、二人は並んで門を抜けた。目抜き通りへ出た瑛吉に、隣の飛鳥が声を掛ける。

「あいつに感情があると、よく気付きましたね！　さすがカメラマン！」

「カメラマン関係あるか……？　そうだ、写真撮るの忘れてた！」

「今は逃げることを考えてください！　追いつかれたら間違いなく一撃で呪い殺され

ます！　まずはどこかに身を隠して――と言いたいところですが、それもなかなか難しそうですね……！」

振り返った飛鳥が冷や汗を流し、それに釣られて後ろを見た瑛吉は目を疑った。

バスほどの大きさにまで膨張したミサキ頭が、あたりの屋敷の門や壁を砕きながら、こちらに向かって迫っている。その真っ黒な目は明確な敵意と殺意に燃えており、牙の並んだ口からはいくつもの声が漏れていた。

「生贄風情が」

「よくも庚岬を壊したな」

「代々続いてきた伝統を壊したな」

「返せ」

「我々が享受するはずだった繁栄を返せ……！」

怨みがましい文句が重なって響く。何を言ってるんだと瑛吉が訝しむのと同時に、そういうことか、と飛鳥が得心した。

「あれはミサキ頭の声じゃありません！　かつての庚岬の住人たちのものです！　十三年前のあの日、この村の人たちはただ呪い殺されたのではなく、ミサキ頭に魂を食われていたんです……！　ですが、住民がミサキを使役するという契約はまだ生きていたため――」

「あ！　ミサキ頭は、取り込んだ魂に乗っ取られた……？」

「ええ！　であれば、村の仕組みを壊した僕を恨むのも分かりますが」

「いや、逆恨みもいいとこだろ！　自業自得じゃないか、そんなの！　飛鳥は全然悪くないぞ！」

「ありがとうございます。しかし、これは困りましたね……。あそこまで明確に意識を持っているのであれば、僕の命令は聞かないでしょうし、無理やり呪詛の矛先を僕に変えたところで、白蓮先生は助からず、ただ死人が増えるだけです」

「最悪じゃないか……！　何か手は」

「今考えているところです！　たとえば――」

「無駄だ！」

飛鳥の声に勝ち誇るような大声が被さった。

声の主は、二人の頭上に浮かんでいたミサキ頭だった。いつの間にか追いつかれていたらしい。荒れた通りの真ん中で瑛吉は青ざめ、飛鳥が歯噛みする。

ミサキ頭が黒い目玉を見開くと、二人の体がびくんと震えて静止した。

強張った指から懐中電灯が落ちるのを感じながら、瑛吉は怯え、戸惑った。

意識ははっきりしているのに、五体の自由がまるで利かない。人を操るとはこういうことか、と瑛吉は理解した。

同じように五体を支配されてしまった飛鳥が「強い……！」と声を絞り出すと、頭上のミサキ頭は高らかに笑った。

「当然だ！　憑き物は、呪詛で誰かを害する度にその力を増していく」

「神が人柱や生贄の命を食らって育つのと同じようにな……！」

「艮御前として願いを叶え続けてきた我の」

「我らの力は、お前を遥かに超えている」

「諦めろ」

「これはお前に対する正当な罰だ」

「この世の仕組みを回すには少数の犠牲は欠かせない」

「にもかかわらずお前は責任を放棄した」

「それは罪だ」

「お前は死ぬために生まれ、生かされてきたことを思い出せ……！」

「生贄としての分を弁えて、死ね！」

ミサキ頭の発する無数の非難の声が二人の頭上にわんわんと響く。その口ぶりはいずれも自信に溢れており、自分たちの正しさを全く疑っていないようだったが、瑛吉には、一切共感できなかった。

「そんな……そんな身勝手な話があるか……！」

辛うじて動く喉から擦れた声を漏らしながら、瑛吉はなぜか、これまで飛鳥と赴いた数々の取材で見てきたものを思い起こしていた。

飛鳥との取材は刺激的でやりがいがあるとは思っていたが、そう感じた根拠の正体に、瑛吉はようやく気付いていた。

瑛吉が取材を通じて知ったことは多い。その中に、今のこの国にも、身勝手で横暴な理屈で犠牲になる人がいるという事実があった。気付かないうちに、なくなっていく場所やものがあるという事実があった。

それを何度も突きつけられる中で、瑛吉はもっと知りたいと思った。残したいとも思った。そして、できれば、広めたいとも——。

「そうか……！」

「え。どうしたんです急に？」

いきなり感極まった声をあげた瑛吉に、飛鳥が不審そうに横目を向ける。瑛吉は視線だけで飛鳥を見返し、照れくさそうに笑った。

「最初の仕事の時、お前に聞かれただろ？　何を撮るためにその仕事をしてるんだ、って。あれ、白蓮さんにも同じこと聞かれたんだ。ずっと上手く答えられなかったんだけど……今、ちょっと見えた気がする」

「それは……おめでとうございますと言うべきですかね？」

「どうなんだろうな……」

飛鳥の苦笑を受け、瑛吉はスッと冷静になった。敵意の塊のような化け物に動きを封じられている状況で夢や目標を見つけたところで、事態は何も進展しない。静かになった二人の頭上で、ミサキ頭は「白蓮か」と忌々しそうな声を漏らした。

「思い返すにも憎らしい女よ」

「あれが来ていれば厄介だったが」

「やつはここには来られないと、あの男――佐々木を通じて知っている」

「残念だったな……！」

勝ち誇ったミサキ頭の笑い声が轟き、瑛吉と飛鳥の体がゆっくりと動いた。瑛吉は飛鳥を、飛鳥は瑛吉を見据える体勢になり、手足が勝手に身構える。ミサキ頭の意図を察した瑛吉はぞっと青ざめ、同時にミサキ頭が嗜虐的に笑った。

「我らに盾突いた報いだ。殺し合え」

「やっぱりか……！　どこまで悪趣味なんだ、お前ら！」

「ミサキ頭！　僕は構いません！　だから」

「この男だけでも逃がしてくれ、と？」

「思い上がるな、生贄風情が！」

飛鳥の悲痛な懇願をミサキ頭がにべもなく拒絶した。ミサキ頭の支配力が更に強まり、瑛吉と飛鳥の体がじりっと相手に向かって近づく。

「くそっ……！」

心底悔しそうに歯嚙みした飛鳥の目尻に涙が浮かぶ。初めて見る飛鳥の涙に瑛吉は一瞬言葉を失い――そして、ぼそりと問いかけていた。

「……飛鳥。お前、まだ、自分が犠牲になって終わればいいと思ってるか？」

「えっ？　あの、どうして今そんなことを――」

「聞きたいからだ！」

戸惑う飛鳥の問いかけに瑛吉の切羽詰まった声が被さった。瑛吉の剣幕に驚いたのだろう、飛鳥が押し黙り、瑛吉はその隙を突くように口早に続けた。

「お前さっき言ったよな？　五淵が村で恵美ちゃんが助けを求めたみたいに、教え込まれた『当たり前』を、生き物としての欲求が上回ることはあるって……。それ、自分で決めたことでもそうなんじゃないのか？　ここで死ぬって腹を括ってたとしても、お前、心の中では、もっと生きたいって思ってるんじゃないのか？」

「それは――」

「生きたくて、こんな奴に食われて終わりたくなくて、だから昔のお前は生贄から逃げ出したんだろ？　その気持ちがなくなったわけじゃないだろう！　言っとくけど、俺はお前に生きててほしい！　恵美ちゃんや白蓮さんだってそうだと思う……いや、きっとそうだ、そうに決まってる！　なのにお前は、まだ、自分一人が死んで片が付けばいいって、そう思ってるのか？」

　噛みつくような勢いで瑛吉は問いを投げかけ、辛うじて自由に動く視線を飛鳥に向けて答えを待った。と、飛鳥は、短い間を置いた後、参ったな……と言いたげに大きく嘆息し、よく通る声を発した。

「……いいえ」

「え？　飛鳥、今、何て――」

「『いいえ』と言ったんです。ええ、もう認めざるを得ませんが、僕はここで終わりたくないと思っています……！　この村に来た時は覚悟を決めていたんですけどね……。瑛吉さんのおかげで気が変わってしまいました。優柔不断で情けない」

「いや、そんなことないって！　往生際の悪さも大事だと思うし」

「お気遣いありがとうございます」

　とっさに口を挟んだ瑛吉に飛鳥は見慣れた微笑を返し、「もっとも」と重たい声を漏らしながら頭上を見た。

「今、この状況で考えを変えたところで、何がどうなるわけでもないですが……」

「その通りだ、贄の子よ！　お前たちに我らの支配から逃れる術はなく、故に、生き延びる未来は存在しない……！」

ミサキ頭の勝ち誇った声が響き渡る。堂々とした勝利宣言に飛鳥は悔しそうに歯噛みしたが、瑛吉の反応は違っていた。

「……ほんとにそう思うか？」

四肢を支配された状態のまま、瑛吉がぼそりと不敵に問いかける。

まさかそんなことを聞かれるとは思っていなかったのだろう、ミサキ頭が「この期に及んで何を……」と怪訝な声を発した矢先。

瑛吉は大きく息を吸い、叫んだ。

「――出番だ！」

瑛吉のあらん限りの絶叫が廃墟となった村に響いた。

突然の叫びに飛鳥が、そしてミサキ頭も虚を衝かれて戸惑った、その一瞬後。

瑛吉たちの頭上に浮かんでいたミサキ頭の巨体が弾け飛んだ。

「なっ――」

完全に不意を突かれたのだろう、断末魔の叫びとも呼べないほどに短い声だけを残し、ミサキ頭は飛び散って消失した。

同時に、飛鳥と瑛吉の体に自由が戻る。

ふう、と瑛吉は安堵し、一方、飛鳥はぽかんとした顔で「今のは……」と瑛吉に尋ねようとしたが、そこに別の声が割り込んだ。

「間に合って良かったですけど、瑛吉さん、呼ぶの遅すぎです！　手遅れになったらどうするつもりだったんですか!?」

　安心しつつ怒りつつ駆け寄ってきたのは、ワンピース姿の小柄な少女だった。

　大きな瞳に白い肌に長い黒髪。この村のどこかで調達したのか、火の点いた蠟燭《ろうそく》を立てたカンテラを携えている。少女に睨まれ、瑛吉はごめんごめんと頭を下げた。

「『あいつの注意が完全に俺たちだけに向いてる状態じゃないと、不意打ちは通じない』って聞いてたから、ずっとチャンスを待ってたんだけど……。いや、まさか操られるとは思わなかった。正直、口が動かなかったらどうしようかと」

「ほんとです！　何度、勝手に飛び出そうと思ったか！　お屋敷でやっつけるはずだったのに、お二人はどんどん移動するし、外は暗いし、隠れるところもありませんし……。でも、ご無事で良かったです」

　カンテラを提げた小柄な少女は、瑛吉を睨んだ後に嬉しそうな笑みを浮かべ、その上で飛鳥へと向き直って一礼した。

「飛鳥さん、無沙汰しています。お変わりのないようで嬉しいです」

「こ、こちらこそ……。と言うか……今のは、恵美さん、あなたが……？　あなたが一撃であのミサキ頭を消し飛ばしたのですか？」

　心底意外だったのだろう、目を丸くした飛鳥がおずおずと少女に——恵美に——問いかける。一方の恵美は、その飛鳥の表情こそが意外だったようで、傍らの瑛吉に向き直って感想を漏らした。

「……私、こんなにびっくりしてる飛鳥さん見るの初めてです」

「俺もだ。飛鳥、お前、そんなに目を開けられたんだな」

「綺麗な瞳ですよね」

「そんな話は今はいいでしょう！　それより説明をお願いします！　僕には、何が何だかさっぱり分からない……」

二人の呑気な感想に飛鳥が呆れて口を挟む。元気そうな飛鳥の様子に瑛吉は改めて安心し、恵美と視線を交わして、「実は」と話し始めた。


時は、白蓮の逗留する湯治場での一件の後、飛鳥が瑛吉に金縛りを掛けて一人で立ち去った直後にまで遡る。

飛鳥が姿を消してようやく自由になった瑛吉は、そのまま踵を返し、単身で湯治場に戻っていた。

伝説の桃源郷と同じ原理で構築された湯治場に入れるのは、住人と縁を持つ人か、仙術の心得がある者とその同行者のみだ。瑛吉は拝み屋でも仙人でもないが、飛鳥から貰った護符を持っており、白蓮や恵美との面識もある。「だったら入れるのではないか」と瑛吉は考え、そしてその予測は当たった。

出たと思ったら帰ってきた瑛吉を見て、白蓮は「何かあったら訪ねてこいとは言いましたが、半日も経たずに戻ってくるとは」と呆れたが、瑛吉の話を聞くと真剣な面持ちになった。

飛鳥は、一人でミサキ頭と決着を付けようとしている。

白蓮はそのことに気付いたが、呪詛に蝕まれている身では湯治場から出ることはできないし、出たところで役に立たない。そこで白蓮は、恵美に飛鳥を助けるための術を教え、自分の代わりに派遣することを考えたのだ。

「もちろん私は賛成しました」と恵美がうなずく。

「私は元々拝み屋になりたかったわけですから、飛鳥さんのお力になれるなら一石二鳥です。白蓮さんには、筋がいいと褒めていただいたんですよ？」

「なるほど……。しかし、こんな短期間であれほどの術が修得できるものなのですか？　僕の時は、実用的な術を教えてもらう前に、長くて眠い座学が数年続いたのですが……。術を学ぶ上での心がけとか、この世には移ろうものと変わらないものがあって、それを動かす真理を求めることの意義がどうこうだとか」

「ああ、『普通はそこからみっちりやるけれど、今回は特例なので省略します』とのことでした」

「省略⁉」

恵美のけろりとした回答に飛鳥が言葉を失う。部外者である瑛吉にはピンと来ないが、兄弟子としては相当意外なことらしい。目を丸くしたままの飛鳥を前に、恵美が笑顔で言葉を重ねる。

「あと、白蓮さんの秘伝に、知識と技術を一瞬で相手の頭に流し込む術というのがあるらしくって、それを使っていただきました。今回は特例なので。ちなみに、伝説の中の白澤が、王様に何万体もの妖怪の知識を与えた逸話は、この術に由来するんだそうです。飛鳥さんはご存じでしょうけど」

「……いいえ、初耳ですね……。先生、そんなこともできたのか……。だったら、僕のあの苦労は一体……！」

「まあまあ飛鳥」

顔を覆う飛鳥を瑛吉は思わず慰めていた。そうですよ、と恵美が続く。

「私、まだまだ飛鳥さんには遠く及びません。身を守ったり気配を探ったりする術は一切習っていないので、できるのは不意打ちだけですし、威力も大したものではありません。ミサキ頭を退治できたのは、白蓮さん特製の護符を使ったからですが、その護符も一枚しかありませんから」

「そうそう。だから俺が出るタイミングを指示したわけで」

「なるほど……。ん？　ちょっと待ってください。瑛吉さんは先ほど、庚岬のことを独力で調べたようなことを言っていましたが、あれは嘘だったわけですか？」

「あ、気付いた？　実はこの村のことは白蓮さんから聞いたんだ。でも飛鳥の経歴とかは全然聞いてないからな？　白蓮さん、あいつは多分あそこに向かったはずだ、ってことしか教えてくれなかったし……。まあ、色々予想外なことも起きたけど、上手くいって良かったよ。お疲れ様、恵美ちゃん」

「どういたしまして！　これでやっと、恩返しができました」

瑛吉の労いに恵美が満足そうな笑みを浮かべる。「恩返し？」と飛鳥が問うと、恵美は力強くうなずき、まっすぐ飛鳥を見返した。

「私が今生きているのは、飛鳥さんのおかげですから……。それにしても飛鳥さん！　何を勝手に一人でいなくなろうとしてるんですか！」

「ど、どうしたんです急に」

「急じゃありません！　ずっと我慢してただけです！　それは私にだって、どんな手を使っても命の恩人を助けたい気持ちは分かります！　でも、白蓮さんが飛鳥さんの恩人なら、飛鳥さんは私にとっての恩人なんですよ!?」

眉尻を吊り上げた恵美が飛鳥に詰め寄る。瑛吉は「俺もさんざん言ったし、こいつもようやく考えを改めたみたいだから……」と取りなしたが、恵美はよほど腹に据えかねているようで、視線を逸らすことなく畳みかけた。

「そんな大事な人があっさり亡くなってしまったら、残された側がどんな気持ちになるか、どれだけ辛くなるのか、想像してみたことはありますか!? 私だけじゃありません! 瑛吉さんだってそうですよ? 飛鳥さんは一人で死ぬつもりかも、って白蓮さんが言った時、この人がどれだけ取り乱したか!」

「瑛吉さんが? そうなんですか」

「え。俺に聞くの? ……まあ、はっきり覚えてないけど、そうだったかも」

「そうでした! その場にいた私が言うんだから確かです! なのに飛鳥さんは相談もなしに……。ずるいです!」

「ずるい……?」

「ずるいじゃないですか! 私を助けたからには責任持って生きてください! そうじゃないと、無責任だと思います!」

恵美の悲痛な声が無人の村に響き渡った。飛鳥は「無責任……」と、恵美に投げつけられた言葉を繰り返し、恵美の目尻に涙が浮かんでいることに気が付くと、そうか、と短く息を呑んだ。

いつの間にか自分がかつての白蓮と同じ立場に回っていたことに、ようやく気が付いたのだろう。飛鳥は頭を振って苦笑し、姿勢を正して恵美に向き直った。

「全くもって、仰る通りですね……。僕の思慮不足でした。申し訳ありません」

「分かっていただけたならいいです。瑛吉さんからは何かありますか？」

「いや、俺はさっきも言ったから……。言い足りないこともあったけど、恵美ちゃんに全部言われたし」

瑛吉が笑うと、それに釣られて飛鳥や恵美も笑みを浮かべた。

だが、場に和やかな空気が満ちかけた矢先、飛鳥が目を細めて空を見上げた。

「しつこい……！」

飛鳥が吐き捨てるように言い放つ。その視線を追った瑛吉と恵美が見上げた先で、星空を覆い隠すように宵闇よりも黒い霧が集まり、獣の姿を形作った。

人間よりも大きな体で長い尾を振り立て、牙の並んだ口元は嘲るように歪んでいる。

瑛吉は青ざめ、思わずその名を呼んでいた。

「ミサキ頭!?　嘘だろ？　生きてたのか？」

「そんな……！　白蓮さんは、あの術なら退治できるはずだって――」

「先生の見立てよりしぶとくなっていた、ということでしょうね……。こいつは誰かを呪えば呪うほどに強くなる妖怪です。ミサキ頭、あなたはこの十三年の間、一体どれだけの人を手に掛けてきたんです……？」

「知らぬな！」

「我は——我らは——呪詛を求める声がある度、それに応えてきただけのこと」

「恨むのならば我を——我らを——利用した連中を恨むがいい」

「もちろんその人たちへの怒りや呆れもありますが……でも、責任転嫁は許しませんよ！　あなたには明確な意思があるのだから！」

恵美と瑛吉を庇った飛鳥が身構えながら言い放つ。言い負かされたミサキ頭は一瞬だけ黙ったが、すぐに「黙れ！」と叫びをあげた。

「屁理屈を捏ねても同じこと……！」

「どの道、もう打つ手はあるまい！」

「くっ……」

「え。何で黙るんだ飛鳥？　恵美ちゃん、さっきのもう一発撃てないのか？」

「できないことはないですが……白蓮さんの護符はもうありませんから、威力は弱くなってしまいます……。先ほどの不意打ちでも退治できなかったということは、もう……。飛鳥さんなら何か」

「残念ながら……。一時的に散らすことはできても、こいつはすぐに集まって元に戻ってしまいます」

「だったら何かに閉じ込めて……！」

「その考え方は正しいですね。でも準備が足りません」

「そんな……！」

飛鳥と恵美が口早に言葉を交わす。その緊迫した応酬をどこか遠くに聞きながら、瑛吉は胸に下げたカメラを手に取っていた。

元は祖父の愛用品であり、一時は悩みのタネでもあり、今は飯のタネであり、苦楽を共にしてきた愛機のレンズを、瑛吉は空中のミサキ頭へと向けた。

軽くレンズを回して倍率を調整してやると、覗き込んだファインダーの中に、黒い靄のような獣の全身像がしっかり収まる。

この時、瑛吉の心中にあったのは、どうせなら最後に自分たちの死因をフィルムに残してやろうという、開き直りにも似た感情だけだった。

だが、カメラを構えた瑛吉を見て飛鳥が「あっ」と目を見張り――そして、それだけで瑛吉には充分だった。

「瑛吉さん！」

「分かった！」

飛鳥が何かを言い切る前に瑛吉は即答し、シャッターに人差し指を当てた。

「貴様、何を――」

瑛吉の動きに気付いたミサキ頭が真っ黒な目を細めて訝るのと同時に、瑛吉はシャッターを押し込んだ。

バッ！　とストロボが音を発し、激しい光が周囲を白く照らす。

……そして、その一瞬後。

あたりに暗闇が戻った時には、ミサキ頭の姿はどこにもなかった。

「えっ!?」と恵美が目を丸くする。

「き、消えた……？　どこに――」

「……ここだ」

恵美に答えたのは瑛吉だった。「多分」と言い足しながら、瑛吉は恵美の持つカンテラにカメラを近づけた。

「恵美ちゃんには言ってなかったっけ？　このカメラは元々俺のじいさんのものでさ。詳しい理屈は俺もよく分かってないんだけど、とにかく、幽霊とか妖怪とか、そういうものを写せるんだ」

「しかも、ただ写すだけではなく、使い手の気概次第では、実体のない存在の本質を封じることもできるわけです。達人が本気で描いた肖像画に、モデルの魂がごっそり持っていかれてしまうことがあるように」

瑛吉の後を飛鳥が受ける。そうそう、と瑛吉が懐かしそうにうなずいた。

「だから写真を撮られると魂を抜かれるという迷信はあながち嘘でもない……だっけ？　最初の取材の時に教えてもらったんだよな」

「そうです。しかし、よく覚えていましたね」

「実はカメラを構えるまで忘れてた」

瑛吉が頭を掻き、それを聞いた飛鳥がこれ見よがしに呆れてみせる。付き合いの長さと仲の良さを感じさせるそのやりとりを、恵美はきょとんとした顔で眺めていたが、ようやく事態を理解したようで、「つまり」と瑛吉のカメラを見据えた。

「ミサキ頭はそのカメラに……いえ、そのカメラの中のフィルムに、封じ込められてしまったわけですか？」

「そうです、恵美さん。後はフィルムを焼いてしまえばミサキ頭は完全に消える」

「そうなんだ。良かった……！　実は、カメラが呪われたりしないかひやひやしてたんだ。よし、だったら早速」

盛大に安堵した瑛吉はカメラの裏蓋に手を掛けたが、その腕を飛鳥が摑んで止めた。何するんだと戸惑う瑛吉に、飛鳥が神妙な顔を向ける。

「……いいのですか？」

「え。いいのって何がだ」

「『本物の妖怪を撮ってこい』。最初の取材の後、瑛吉さんは編集長からそんな風に命じられたと聞きました。今、そのカメラに収まっているのは、間違いなく編集長の要望に応えるフィルムでは？　しかもそれは、政財界に名を轟かせた呪術師・良御前の真の姿でもあります。持ち込み先によっては、名声もお金も手に入るはずです。写真で食べていきたいという夢をお持ちの瑛吉さんにとっては、かけがえのないフィルムなのではありませんか？」

瑛吉の腕を摑んだまま飛鳥が問いかける。

「確かにそうだな」と瑛吉はうなずき――直後、迷うことなく蓋を開けた。

現像処理を施していないフィルムは光に極めて弱く、僅かな光にさらされただけでも感光して駄目になってしまうので、必ず暗所で扱わなければならない。

カメラを扱う人間にとって基本中の基本であるルールを、瑛吉はあえて破った。

「瑛吉さん！」と飛鳥が声を荒らげたが、瑛吉は無造作にフィルムを取り出し、恵美の持つカンテラの蠟燭の炎に近づけた。

フィルムは光だけでなく火にも弱い。黒いフィルムに炎が燃え移り、みるみる溶けて縮んでいく。

フィルムが燃えつきるその瞬間、瑛吉たちは怨嗟に満ちた絶叫を聞いた気がしたが、それもすぐに途切れ、後に残ったのは僅かな燃えカスだけだった。

何十世代、数百年にも渡って生贄の命を吸い続け、大勢を呪ってきた存在の、あまりにもあっけない最期であった。

ほどなくして煙が途絶えると、飛鳥は軽く目を閉じ、夜空を見上げて口を開いた。

「……たった今、ミサキ頭の存在は完全に消えました」

「ほんとか？　じゃあこれで白蓮さんも……！」

「ええ。呪詛から解放されたはずです。十年以上呪われていたわけですから、復調にはしばらく時間が掛かるでしょうが……でも、命が尽きるのを待つばかりという状況から脱したのは確かです」

「良かった……！」

恵美が盛大に胸を撫で下ろし、瑛吉が大きな溜息を落とす。空を見上げていた飛鳥は、視線を下げて二人を見やり、ほっこりと微笑んだ。その笑顔を見返した恵美が嬉しそうに笑う。

「お疲れ様です、飛鳥さん！　これでやっと終わったんですね」

「そうなりますね」

「え？　終わり……？」

飛鳥の相槌と重なるように瑛吉は思わず問いを発し、すぐに「そうか」と自答した。飛鳥が「本邦秘境紀行」の連載を続けていたのは、ミサキ頭を捜して白蓮に掛けられた呪詛を解くためであり、その目標が今しがた達成された以上、飛鳥はもう連載を続けなくても良い。

そんな、わざわざ文章にして確認するまでもないことを、瑛吉は今更のように理解した。飛鳥を助けないと……という思いが先走っていたおかげで、「助けたらどうなるか」にまで考えが至っていなかったことに、瑛吉は今更のように気付かされ、「そうか……」と再度つぶやいた。

「……終わっちゃうんだよな。当たり前だけど」

「瑛吉さん？　どうしたんです、しんみりして」

急に消沈した瑛吉に飛鳥が怪訝そうな目を向ける。飛鳥と恵美に見つめられながら、瑛吉は頭を掻いて口を開いた。

「いや、もう取材に行くことはないと思うと、急に寂しくなってきてさ。俺、自分で思ってたより、あの仕事好きだったみたいだ。かなり」

「おや。そうなんですか？」

「ああ。そりゃまあ、インチキにしか見えないような、まるで褒められたもんじゃない胡散臭い企画だけど……でも、これまで見たことなかったものが見られたし、知らなかったことを知れたからさ。刺激的で、やりがいもあって、色々考えることもあって、ひっくるめて楽しくて……。それに、さっきもちょっと言っただろ」

「何をです？」

「写真を仕事にする上での目標みたいなものが、ようやく見えてきたように思う、って話。あの連載を続けてたら、それがちゃんと形になった気がするんだよ。だから、ここで終わるのは……もちろん飛鳥の目標が達成されたのはめでたいし、嬉しいけど……個人的には、残念だなって」

瑛吉はそう言って取り繕うように苦笑いを浮かべた。飛鳥は腕を組んで耳を傾けていたが、瑛吉の語りが途切れると、おずおずと声を発した。

「瑛吉さんのお気持ちはよく分かりましたが……僕は別に連載をやめるとは言っていませんし、そのつもりもないですよ」

「え」

間抜けな声が暗闇に響く。そうなの、と戸惑いながら瑛吉は飛鳥を見返した。

「でもお前、続ける理由もうないだろ……？」

「それを言うならやめる理由もないですよ。実を言うと、あの連載の取材、僕も結構楽しかったですからね。せっかくなので、打ち切られるまでは続けてみようかと」

「そ、そうなんだ……」

「ええ、そうです」

ぽかんと驚く瑛吉を飛鳥がいつもの微笑で見返す。そのまま二人はしばらく見つめ合い、ややあって同時にふっと笑みを浮かべた。

帰りましょうか、と飛鳥が言い、そうだな、と瑛吉が応じる。

「色々あって疲れたし……。あ、でもその前に荷物回収しないと。俺、屋敷にリュック置いたままだ」

「お供しますよ。……しかし瑛吉さん、本当に良かったのですか？　あのフィルムを持って帰れば」

「しつこいぞ飛鳥。大丈夫だよ。また撮ればいいだけだから」

「撮れるとお思いですか？」

「正直、自信はあんまりないけど……でもまあ、連載続ければ機会はあるだろ！　多分！　というわけで、引き続きよろしく」

屋敷に向かって歩きながら瑛吉が飛鳥に笑いかける。飛鳥は嬉しそうにうなずき、二人を見守っていた恵美へと向き直った。

「恵美さんも、本当にありがとうございました。それで、恵美さんはこれからどうされるんですか？」

「白蓮さんのところに戻って、改めて色々教えていただくつもりです。そういう約束でしたから。白蓮さんが仰るには『理念も何もすっ飛ばして攻撃の術だけを教えた弟子を放置するのはあまりにも怖い』と」

「なるほどね」

白蓮のもっともな言い分に瑛吉が苦笑する。と、恵美は思い出したように自分の腹を押さえ、「でも」と言葉を重ねた。

「とりあえず今はご飯が食べたいです……。お腹ペコペコです」

「仙術は慣れないと体力をごっそり消費しますからね。瑛吉さんもお疲れのようですし、荷物を回収したらひとまず食事にしませんか」

「賛成！　缶詰と乾パンくらいは持ってきたけど、どうせなら温かい飯が食いたいな。この近くに食事できるところってあるのか？」

「隣町まで行けば食堂くらいはありますよ」

「いいね！　……ちなみに、隣町までの距離は」

「近いですよ。ざっと十キロです」

「遠いよ！　まあ、そんなこったろうと思ったけど……。ほんと、飛鳥と付き合ってると長い距離を歩かされるよな」

「申し訳ないとは思っています」

　全く申し訳ないと思っていない顔の飛鳥が愛想よく微笑み、瑛吉が「はいはい」とぞんざいに受け流す。板についたテンポのいいやりとりに、恵美は、やっぱりいいコンビですね、と笑った。

あとがき

　この作品はフィクションです。実在の伝承などを参考にしてはいますが、各話の舞台となる地域やそこに伝わる諸々は架空のものです。たとえば主人公の一人である飛鳥の使う術はほぼ創作ですし、第五話に出てくる「ミサキ」についても、作中のような設定の伝承は（私の知る限りでは）ありませんので、ご留意ください。

　さて、本作は、辺境の土地には知られざる文化（因習？）がまだ生きていて、そうとは知らず訪れた主人公たちが大変な目に遭ったり遭わなかったり……という趣向の連作です。こういうジャンルは今も昔も定番で、私も何度か書きましたし（神社で生贄にされかける話を書いたのは何度目でしょうか）、よく読みます。というわけで大好きな分野なのですが、同時に、このジャンルの創作を面白がる気持ちは地方への偏見や蔑視と紙一重な面もあるよなあ……と感じていたりもします。その手の作品に対して地方在住者として違和感を覚えたことも結構あり、自分で書くにあたっては、そうならないよう気を付けてみたつもりなのですが、いかがだったでしょうか。

　本作の舞台となる時代は六〇年代です。私は実際にはその時代を知りませんが、親世代の方たちや先人から色々聞いてはいますし、個人的にもあの時代の作品には思い入れが深かったりします。フィクションの世界で妖怪や怪獣が花開いた時代ですので、そのあたりのジャンルが好きだと自然と親しくなるんですよね。

あと、飛鳥の職業である「拝み屋」について。どれくらい伝わるか分かりませんが、あの時代の作品、当たり前のようにこういう立場の人が出てくることが結構ありまして、飛鳥の設定には、そういうキャラが自然と受け入れられていた時代へのオマージュを込めております。

さて、この本の完成に際しても、多くの方にお世話になりました。表紙を描いてくださったttl様、雰囲気のある絵をありがとうございます。本作は「怪しいけれど極端に陰惨だったり怖そうだったりはしない」という雰囲気を狙って書いた話だったのですが、イメージ通りの表紙をありがとうございました。担当編集の鈴木様、このジャンルでのオーダーをありがとうございます。楽しく書かせていただきました。次もあればどうぞよろしくお願いいたします。また、古書愛好家の中根ユウサク様には、執筆の際の参考資料として、実際に六〇年代に発行された雑誌の辺境取材記事を幾つもご提供いただきました。この場をお借りしてお礼を申し上げます。

そして、この本を手に取ってここを読んでくださっているあなたにも最大の感謝を。ありがとうございます。楽しんでいただけたなら何よりです！

では、機会があればまたどこかで。お相手は峰守ひろかずでした。良き青空を！

主要参考文献

定本日本の秘境（岡田喜秋著、山と溪谷社、二〇一四）
日本の奇祭（合田一道著、青弓社、一九九六）
忘れられた日本の村（筒井功著、河出書房新社、二〇一六）
村の奇譚　里の遺風（筒井功著、河出書房新社、二〇一八）
秘境旅行（芳賀日出男著、KADOKAWA、二〇二〇）
神、人を喰う　人身御供の民俗学（六車由実著、新曜社、二〇〇三）
日本怪異妖怪大事典（小松和彦監修、小松和彦・常光徹・山田奨治・飯倉義之編、東京堂出版、二〇一三）
日本怪異妖怪事典　関東（氷厘亭氷泉著、朝里樹監修、笠間書院、二〇二二）
日本神話事典（大林太良著、吉田敦彦監修、大和書房、一九九七）
東アジア的世界分析の方法〈術数文化〉の可能性（水口幹記編、文学通信、二〇二四）
復元白沢図　古代中国の妖怪と辟邪文化（佐々木聡著、白澤社、二〇一七）
昭和ちびっこ怪奇画報　ぼくらの知らない世界一九六〇s‐七〇s（初見健一著、青幻舎、二〇一四）
昭和・平成オカルト研究読本（ASIOS編著、サイゾー、二〇一九）

古典落語（四）　長屋ばなし　下（落語協会編、角川書店、一九七四）
アサヒカメラ教室　第２　レンズとカメラ（朝日新聞社編、朝日新聞社、一九五九）
アサヒカメラ教室　第３　感材・引伸し（朝日新聞社編、朝日新聞社、一九五九）
アサヒカメラ教室　第６　現像・引伸し（朝日新聞社編、朝日新聞社、一九七〇）
一九六〇年代の大衆文化に見る「非合理」への欲望（２）「〈秘境〉ブーム」をめぐって（大道晴香著、「蓮花寺佛教研究所紀要」第十一号、二〇一八）
雑誌『世界の秘境シリーズ』の中の「呪術」〈オカルト〉ブーム前史としての〈秘境〉ブーム（大道晴香著、「神道宗教」第二六一号、二〇二一）
不思議な雑誌　昭和三十八年六月号（相互日本文芸社、一九六三）
不思議な雑誌　昭和三十九年二月号（相互日本文芸社、一九六四）
不思議な雑誌　昭和三十九年三月号（相互日本文芸社、一九六四）
不思議な雑誌　昭和三十九年七月号（相互日本文芸社、一九六四）
不思議な雑誌　昭和四十一年三月号（相互日本文芸社、一九六六）
世界の秘境　第八集十一号（双葉社、一九六九）

この他、多くの書籍、雑誌記事、ウェブサイト等を参考にさせていただきました。

本書は書き下ろしです。

拝《おが》み屋《や》の遠国《おんごく》怪《かい》奇《き》稿《こう》
招《まね》かれざる伝承《でんしょう》の村《むら》
峰守《みねもり》ひろかず

2025年1月5日初版発行
発行者……………加藤裕樹
発行所……………株式会社ポプラ社
〒141-8210 東京都品川区西五反田3-5-8
JR目黒MARCビル12階
フォーマットデザイン 荻窪裕司(design clopper)
組版・校閲 株式会社鷗来堂
印刷・製本 中央精版印刷株式会社

ポプラ文庫ピュアフル

ホームページ www.poplar.co.jp

N.D.C.913/316p/15cm
ISBN978-4-591-18444-8
P8111391

アルバイト先は妖怪の古道具屋さん!?
取り扱うのは不思議なモノばかり――。

峰守ひろかず
『金沢古妖具屋くらがり堂』

装画：烏羽雨

金沢に転校してきた高校一年生の葛城汀一。街を散策しているときに古道具屋の店先にあった壺を壊してしまい、そこでアルバイトをすることに。……実はこの店は、妖怪たちの道具〝妖具〟を扱う店だった！　主をはじめ、そこで働くクラスメートの時雨も妖怪で、人間たちにまじって暮らしているという。様々な妖怪や妖具と接するうちに、最初は汀一を邪険に扱っていた時雨とも次第に打ち解けていくが……。お人好し転校生×クールな美形妖怪コンビが古都を舞台に大活躍！

平安怪異ミステリー、開幕！

峰守ひろかず

『今昔ばけもの奇譚 五代目晴明と五代目頼光、宇治にて怪事変事に挑むこと』

装画：アオジマイコ

時は平安末期。豪傑として知られる源頼光の子孫・源頼政は、関白より宇治の警護を命じられる。宇治では人魚の肉を食べて不老不死になったという橋姫を名乗る女が、人々に説法してお布施を巻き上げていた。なんとかせよと頼まれた頼政だが、橋姫にあっさり言い負かされてしまう。途方にくれているところに出会ったのは、かの安倍晴明の子孫・安倍泰親だった――。

お人よし若武者と論理派少年陰陽師が数々の怪異事件の謎を解き明かす！

おばけ好きの文豪・泉鏡花の少年時代。
城下を騒がす怪事件の真相を暴く——！

峰守ひろかず
『少年泉鏡花の明治奇談録』

装画：榊空也

時は明治21年。古都・金沢で働く人力車夫の義信は、英語を学ぶために訪れた私塾で、寄宿生ながら英語を教える風変わりな美少年・泉鏡太郎（のちの泉鏡花）と出会う。高い受講料に断念しようとする義信に、鏡太郎は「本物の怪異の噂」を提供すれば、受講料を免除にすると持ち掛ける——。二人は不可解な噂の真相を調べに、様々な場所へと出かけることに。おばけのでる武家屋敷、雨乞い後に必ず死ぬ巫女、金沢城跡に現れる幽霊など、はたして怪異は存在するのか……？